AF237057

Die Kralle

Anja Verda

Wen hat Jonny sich zum Feind gemacht, dass seine Freunde auf bestialische Art und Weise ausgeweidet wurden?

In seiner Jugend beging er einen katastrophalen Fehler. Jetzt, fast zwei Jahrzehnte später, holt ihn das Schicksal ein. Eine tödliche Hetzjagd durch die Wälder Schwedens beginnt. Nicht nur Jonny gerät in das Fadenkreuz des unbarmherzigen Mörders. Eine Gruppe junger Leute trifft ebenfalls auf den gefährlichen Jäger und lernt die Grausamkeit dieses hasserfüllten Mannes kennen. Schaffen sie es, dem Killer zu entkommen?

Über die Autorin:

Anja Verda ist ein Pseudonym. Sie wurde 1969 in Wolgast geboren. Ihre Kindheit verbrachte sie in Berlin und erlernte den Beruf der Köchin. Heute lebt sie mit ihrer Familie in Luxemburg. Zwei Katzen und ein Terrier Mischlingshund sind ihre Haustyrannen. Sie liebt Horror in all ihren Formen und ist ein fanatischer Fan von Stephen King seid ihrer frühen Kindheit.

Vor vielen Jahren absolvierte sie einen Schreiblehrgang und seitdem wuchs die Anzahl ihrer Schreibratgeber stetig.

Ihr Erstlingswerk „Nenn mich Onkel M", sowie ihr zweiter schriftstellerischer Versuch „Blutiges Familienerbe" sind in den letzten Jahren erschienen.

DIE KRALLE

Anja Verda

Horrorthriller

Bibliografische Informationen der Deutschen Nationalbibliothek: Die Deutsche Nationalbibliothek ·verzeichnet diese Publikation in der Deutschen Nationalbibliografie; detaillierte bibliografische Daten sind im Internet über dnb.dnb.de abrufbar.

Alle Personen sind frei erfunden. Jede Ähnlichkeit mit lebenden oder bereits verstorbenen Personen ist rein zufällig.

1. Auflage 2020
Copyright ©2020 Anja Verda
Alle Rechte vorbehalten
Cover: Design von Polarfuchs – Buchgestaltung Senta Herrmann
        https://www.polarfuchs-buchgestaltung.de
        Bilddateien von Shutterstock

Herstellung und Verlag:
BoD – Books on Demand, Norderstedt

ISBN:978-3-752-89458-5

Inhaltsverzeichnis

Doppelmord 7

Schmerzhafte Erinnerungen 13

Die Jagd beginnt 19

Cynthia 26

Kann Sunny gerettet werden? 35

Sunny bleibt zurück 47

Die erste Begegnung 59

Jaspers Welt stürzt ein 73

Der erste Morgen in Schweden 88

Anfeindungen 101

Der Jäger 115

Kimberly erwacht 124

Markus 137

Jonny und der Jäger 151

Die Suche nach Kimberly geht in die nächste Phase
164

Denny und Monika 174

Der Wald 188

Kimberly gibt nicht auf 196

Sie finden sich 204

Der Aufbruch 217

Kommissar Sventjen 225

Der Kampf geht weiter 241

Die Höhle 252

Erneut treffen die Widersacher aufeinander 263

Der Jäger wird zum Gejagten 273

Das Sägewerk 284

Kampf ums Überleben 291

Finalschlag 295

Doppelmord

Marvins abgelegene Holzhütte stand auf einer malerischen Lichtung in den waldreichen Weiten Schwedens. Über den Wipfeln zog ein einsamer Falke seine Kreise.

Jonny und sein Weimaraner Sunny standen am Rande der saftig grünen Wiese unter dem schützenden Dach überhängender Äste. Langsam schweiften die Blicke von Hund und Mann über die Weide bis zu der robusten Hütte, die in der Mitte der Rodung errichtet worden war. Die unheimliche Stille, die von diesem bezaubernden Fleckchen Erde ausging, wirkte anormal für die sommerliche Jahreszeit.

"Du spürst es gleichfalls, nicht wahr? Irgendetwas stimmt hier nicht. Lass uns mal nachsehen, wo Marvin steckt und warum es hier so gottverdammt still ist." Sunny setzte seine sehnigen Läufe leichtfüßig in Gang. Das langhaarige rehbraune Fell glänzte in der Sonne. Sein muskulöser Körper strahlte Kraft und Ausdauer aus. Athletisch lief er über die Wiese, dicht gefolgt von seinem Herrchen.

Jonny war ein Hüne von einem Mann, dessen graubrauner Bart das herbe Gesicht zum größten Teil verdeckte. Wachsam beobachteten seine braunen Augen die Umgebung, ohne etwas Ungewöhnliches zu erkennen. Und doch ...

Argwöhnisch näherten Mann und Tier sich dem Haus. Sunny streckte aufgeregt schnüffelnd die Nase in die Luft. Jonny entging die Unruhe seines Freundes nicht. Er behielt ihn, ebenso wie die Umgebung, im Auge. Kaum waren sie an der Haustür angekommen, richtete Sunny die Rute stramm auf. Ein grollendes Knurren entrang sich seiner Kehle.

"Was ist los Kumpel? Was hat deine feine Nase erschnüffelt?" Angespannt sprach Jonny mit dem Hund, dessen nervöses Verhalten ihn ansteckte. Obwohl er sich nicht vorstellen konnte, was den Rüden so ängstige. Gemeinsam machten sie sich an der schweren Holztür bemerkbar. Jonny klopfte lautstark an die Tür und Sunny kratzte aufgeregt mit einer Pfote an dem Holz.

"Marvin, ich bin´s, Jonny! Bist du zu Hause? Marvin?!" Keine Antwort. Energischer hämmerte der Hüne mit der Faust gegen die Tür, als abrupt das Türblatt nachgab und mit einem leisen Knarren aufschwang. Ein schwer definierbarer Gestank strömte ins Freie.

Sunny stürzte wie ein Berserker durch die geöffnete Tür. Er rannte zielstrebig durch das Halbdunkel des Hauses in die Küche. Begleitet vom Summen unzähliger Schmeißfliegen huschte Jonny dem Rüden hinterher. Starr vor Schreck verharrte er in der Küchentür.

Das grauenvolle Bild, das sich aus dem schummrigen Licht der Küche schälte, ließ ihm die Knie weich werden. Gleichzeitig versuchte er krampfhaft, seine spärliche letzte Mahlzeit im Magen zu behalten.

Marvin, oder besser das, was von ihm übrig war, lag vor dem Herd am Boden. Eine Hälfte des Kopfes war durch zwei bluttriefende Muskelstränge mit dem Torso verbunden. Die andere Hälfte war überall in der Küche verteilt. Jonny, der das gesamte Ausmaß des Grauens erst nach und nach erfasste, stand das Essen schon bis zum Hals. In der Pfanne mit den verkohlten, blutdurchtränkten Spiegeleiern klebten Haare und Gehirnfetzen. Ein halb geschmolzener Augapfel lag in der Mitte der gebratenen Eier und die intakte Pupille starrte dem Betrachter anklagend entgegen.

Jonny bewegte sich instinktiv einen Schritt zurück, wobei sein Mageninhalt wieder in die Richtung rutschte. Ein heftiges Würgen entrang sich seiner Kehle, nachdem er den Rest des Leichnams anschaute. Marvins linker Arm war am Ellbogen abgetrennt und lag neben dem Brotlaib auf der Ablage. Spitz und scharf stachen weiße Knochensplitter aus der Wunde. An seiner rechten Hand war die Haut von den Fingern bis zum Handgelenk abgeschabt. Deutlich blitzten die einst kräftigen Muskeln und Sehnen des alten Freundes hervor. Über den Brustkorb des Leichnams klafften gleichmäßige und tiefe Schnitte, die den Anblick auf Rippen und Gedärme frei gaben. Die Beine schienen regelrecht vom Körper gerissen zu sein, sodass sich Blut, Fleisch- und Hautfetzen explosionsartig in der gesamten Küche verteilt hatten.

Marvin war erschreckenderweise nicht das einzige Opfer.

Seine Frau lag nackt ausgebreitet auf dem Küchentisch. Ein Beil steckte tief neben dem abgetrennten Kopf. Ihre einst goldene Haarpracht hing wie ein roter Schleier ordentlich zurecht gekämmt an der Front des Tisches herab. Ihr Körper war vom Brustbein bis zum Schambereich aufgeschlitzt. Völlig ausgeweidet lagen die Innereien wahllos im Raum verstreut: Der Dickdarm hing über der Stuhllehne, die Leber lag auf dem Kühlschrank, ihr Dünndarm hing wie eine Girlande von der Küchenlampe herab und das zerfledderte blutige Etwas auf dem Deckel des Mülleimers? War das der Magen?

Eisenhaltiger Blutgeruch durchdrang jeden Zentimeter der Behausung. Angeekelt drehte Jonny sich um. Er wollte auf schnellstem Wege das Haus verlassen. Da stach ihm etwas ins Auge. Er überwand seinen Ekel und tastete sich behutsam durch die Blutlachen und Fleischfetzen. Würgend trippelte er auf Zehenspitzen, bis er Marvins Leichnam erreichte. Am Brustansatz zupfte Jonny ein hartes Objekt vom Hemd seines Freundes, nur um anschließend kopflos nach draußen zu stürzen. Im Schein der Sonne lief ihm ein eiskalter Schauer über den Rücken. Die Erkenntnis traf ihn wie ein Blitzschlag. Erstaunt drehte und wendete er den Gegenstand im Flutlicht der hellen Strahlen. Zu unwahrscheinlich war es, was er in den Fingern hielt. Besorgt ließ er dann dieses kleine Stück Klaue in den Weiten seines Mantels verschwinden. Was ihm zugegebener Maßen Bedenken bereitete, war, wie viel Aggression musste in dieser Kreatur stecken, um einen menschlichen Körper auf solch bestialische Art zu zerlegen. Oder war es gar kein Tier?

Schmerzhafte Erinnerungen

Jonny stand auf der Veranda und genoss es, wieder an der frischen Luft zu sein. Jegliches Wohlgefühl verließ ihn, nachdem er traurig über die friedliche Waldlichtung schaute. Eine einzelne Träne kullerte seine Wange hinunter. Geistesabwesend beugte er sich hinab und streichelte Sunny über den Kopf. Wobei er hin und her überlegte, wie seine weiteren Schritte aussahen.

Er konnte Marvin und dessen Frau doch nicht diesem Meer von Fliegen überlassen. Aber genauso wenig war er in der Lage die Polizei zu alarmieren. Stundenlang wäre er in geschlossenen Räumen den unendlichen Fragen eines Verhöres ausgeliefert, und das hielt er nicht aus. Eingesperrt in einem verschlossenen Raum wäre das reinste Martyrium für ihn. Seine Platzangst konnte Jonny nicht abschütteln wie ein paar lästige Fliegen, dafür saßen diese Kindheitsängste zu tief.

Schon bei dem bloßen Gedanken schlug er die Hände vors Gesicht. Als er sie langsam wieder herunternahm und die Fingerspitzen über Lippen und Kinn herunterrutschten, stand das trockengelegte und halb verschüttete Rohr vor seinen Augen, in das der sechsjährige Junge gleich klettern würde. Voller Entdeckerfreude war Klein-Jonny einer Wolfsfährte gefolgt, die ihn letztendlich hierhergeführt hatte. Angetrieben von Forscherdrang, kroch er in die Pipeline, robbte über die blanken Knochen kleiner Tiere und spitze Steine, immer tiefer hinein. Wassertropfen perlten von der Decke und zusehends wurden die Felsbrocken glitschiger, bis er an einem schlammigen Felsstück abrutschte und sich ein Bein zwischen den Gesteinsbrocken verkeilte. Ein lautes Knacken schallte durch die Röhre und augenblicklich trieb der Schmerz ihm Tränen in die Augen, wobei er sich die kindliche Seele aus dem Leib brüllte.

Nachdem der erste helle Schmerz einem dumpfen Pochen gewichen war, überlegte Klein-Jonny fieberhaft, wie er sich aus dieser Lage befreien konnte. Unter Aufbringung aller Kräfte versuchte er, das gebrochene Bein aus dem Spalt zwischen zwei Steinen herauszuziehen. Doch ein erneuter Schmerz wie ein Stromschlag durchzuckte den kleinen Körper und qualvolle Schreie verhallten unbemerkt in den Weiten des verzweigten Rohrsystems.

Aus eigener Kraft schaffte Klein-Jonny es nicht, der Falle zu entkommen. Die Stunden zerrannen. Draußen senkte sich der Abend nieder, der von einer rabenschwarzen Nacht verscheucht wurde. Ein einsames Schluchzen durchbrach die Nacht, das Klein-Jonny vergeblich versuchte zu unterdrücken. Der Gedanke an den Wolf ließ ihm aufschrecken und eiskalter Schweiß trat auf seine Stirn. Was würde ein solches Tier mit einem gefangenen Jungen anstellen! Im Fieberwahn und geplagt von Hunger und Durst lag der Kleine seit Stunden in diesem Höllenloch.

Im Laufe der Nacht passierte das, was dieser leidgeprüfte Junge am meisten fürchtete: Ein einsamer Wolf auf der Suche nach leichter Beute roch das geronnene Blut und folgte seiner Nase in die bedrückende Dunkelheit. Zähnefletschend stand er auf einem der Steine über dem fiebernden Knirps und leckte sich über die Lefzen.

In seinem Fieberwahn erkannte Klein-Jonny nicht, dass ein gefährliches Raubtier den Weg zu ihn gefunden hatte. Er nahm an, sein toter Freund Tyson, wäre ihm zur Rettung geeilt.

Tyson, ein grauer Schäferhund, war über Jahre sein Weggefährte und Beschützer gewesen. Vor wenigen Monaten war der in die Jahre gekommene Hund aber an Altersschwäche eingegangen. Was der Junge in seiner Lage vollkommen vergessen hatte. Glücklich über das Erscheinen des alten Gefährten streckte er dem Tier erleichtert eine Hand entgegen. Der einsame Wolf schnüffelte an dem Häufchen Elend, anstatt aber das hilflose Opfer anzugreifen, legte er sich zu dem Kind und spendete dem Fiebernden ein bisschen Wärme und Geborgenheit. Der Beschützerinstinkt des Wolfes war geweckt und gemeinsam durchlebten sie einen qualvollen Tag in diesem Höllenloch, wobei der Junge vor Durst nahezu den Verstand verlor.

Immer wieder griff der Knirps nach seiner durchnässten Kappe. Trotz alledem reichte das Wasser kaum, um den fiebrigen Durst zu stillen. Verzweifelt wrang er die letzten Tropfen des Käppis in seinen Mund. Wobei der Wolf ihn mit treuen Augen beobachtete. Die Verzweiflung und der unbändige Durst übertrugen sich auf den Wolf, der den kleinen Knaben allein ließ, um zu jagen und Beute für sein Mündel heranzuschaffen.

Erfolgreich präsentierte er dem Jungen seinen Fang. Überschwänglich legte er das tote Kaninchen zwischen ihnen ab. Klein-Jonny, der nichts mit diesem Fellbündel anfangen konnte, schaute mit fiebrigen Augen zwischen dem hundeähnlichen Tier und dem toten Mümmelmann hin und her. Der Wolf stupste das tote Tier in Richtung des Jungen, der nicht begriff, was sein grauer Freund ihm damit sagen wollte. Kurze Zeit später fiel er in einen fiebrigen Schlaf. Wobei er ruhelos leise aufstöhnte. Er wand sich von eine auf die andere Seite. Da zerfleischte der Wolf das Kaninchen und warf den Kadaver auf Klein-Jonnys Gesicht. Instinktiv leckte der über seine rauen Lippen, die vom Tierkörper blutverschmiert waren. Schwerfällig öffnete der Junge die Lider und schaute erstaunt in die traurigen Augen des Wolfs. Da erkannte der Knabe, warum der Wolf ihn mit mitleidvollem Blick anstarrte und er überwand seine Abneigung. Wie ein wildes Tier riss er an dem kleinen Körper, spuckte Fetzen des Fells aus und kaute an dem rohen Fleisch des Kaninchens.

Drei Tage verbrachten die ungewöhnlichen Alliierten in diesem Rohr, ehe ein Suchtrupp den Jungen fand. Sein

Freund und Helfer war auf und davon, wogegen Jonnys Eltern den einzigen Sohn freudestrahlend in ihre Arme schlossen. Kaum war der kleine Knabe aus dem Krankenhaus entlassen und wieder wohlbehütet zu Hause, begab er sich auf die Suche nach dem wilden Tier. Dass ihm in den schwersten Stunden seines bisherigen Lebens beigestanden hatte. Enthusiastisch suchte und fand er ihn wenige Stunden nach seiner Heimkehr. Der einsame graue Wolf streifte seit jener tiefgreifenden Erfahrung stets in der näheren Umgebung der Farm umher.

Allerdings litt Jonny seit jenen Tagen unter klaustrophobischen Anfällen. Er verstand es zwar im Laufe der Jahre damit umzugehen, doch blieben geschlossene Räume ein unüberwindliches Trauma. Er hielt es in ihnen nur kurze Zeit aus und auch jetzt, vor Marvins Hütte, geriet er in einen inneren Zwiespalt.

Die Jagd beginnt

Allein der Gedanke an einen Verhörraum bei der Polizei sorgte dafür, dass Jonny der kalte Schweiß ausbrach und sein Körper unkontrolliert zitterte, obwohl er im warmen Sonnenschein auf der Lichtung stand und überlegte, welche Schritte er unternehmen musste. Er brachte es nicht übers Herz, Marvin und seine Frau dem Heer der Fliegen zu überlassen. Aber was konnte er tun? So stand er deprimiert vor der Hütte seines toten Freundes und wusste sich keinen Rat.

Sunny lauerte derweil mit gespitzten Ohren und knurrte die grüne Mauer an. Verwundert drehte Jonny sich seinem pelzigen Gefährten zu.

"Was ist los?" Vergebens suchten Jonnys Augen das Dickicht der Bäume ab, konnte aber außer den Blätterwald nichts erkennen. Was Sunny aber nicht abhielt, schnurstracks über die Wiese in den nahen Wald zu laufen.

"Sunny. Hierher!", rief er, doch da war der Hund schon mit einem schnellen Sprint im Dickicht untergetaucht. Jonny, der mit Sunnys Tempo nicht mithalten konnte, hetzte dem Klang des Gekläffs hinterher. Er kletterte über umgestürzte Bäume und kroch durchs Unterholz auf der Suche nach Sunny. Da durchschlug ein einzelner Schuss die Ruhe des Waldes und der Hund winselte laut auf.

"Nein", flüsterte Jonny und rief mit zittriger Stimme nach seinem Freund. Verzweiflung machte sich in ihm breit. Das kann, das darf nicht sein. Nicht auch noch Sunny!

Er durfte nicht noch einen Freund verlieren. Mit zittriger Stimme rief Jonny nach seinem Hund. Er rannte kopflos im Wald umher, als er ein leises Winseln im Dickicht vernahm. Aufgeregt rief er aus vollem Halse nach seinem geliebten Vierbeiner, wobei er sich verzweifelt im Kreis drehte. Endlich entdeckte er ihn. Sunny kam hinter einem der dicken Baumstämme hervorgehumpelt. Herzerweichend ließ dieser Koloss von einem Mann sich auf die Knie fallen und umarmte unter Tränen seinen geliebten Weimaraner. Zum Glück hatte nur ein Streifschuss den hinteren Lauf getroffen.

Hin und her gerissen, zwischen Trauer und Verantwortung, konnte Jonny sich nicht entscheiden. Sein einziger Freund war verletzt und die Wunde musste schnellstmöglich versorgt werden. Dazu kam, dass Marvin und seine Frau ausgeweidet in ihrer Küche lagen. Es gab so viel zu berücksichtigen, und in solch einer Situation einen endgültigen Entschluss zu treffen, war gar nicht seine Stärke. Kurzerhand schnappte er sich den Weimaraner und lief auf direktem Weg zur Hütte zurück. Vorsichtig legte er das winselnde Häufchen Elend auf den Verandaboden ab.

"Ich bin gleich zurück." Streichelnd beruhigte Jonny seinen Gefährten, ehe er erneut das Haus des Todes betrat. Umschwirrt von Hunderten von Schmeißfliegen, zog er einen großen Bogen um das eigentliche Grauen, bevor er sich die lederne Tasche griff und Vorräte, Verbandsmaterial und Gewehrkugeln einpackte. Schwer bepackt und mit Marvins Gewehr beladen, telefonierte Jonny auf dem Weg hinaus.

In kurzen Sätzen berichtete er dem Beamten in der Notfallzentrale die Lage und beschrieb den Zustand der Leichen, sowie die Lage des Hauses. Schnell legte er auf, bevor der Polizist nachhaken konnte. Denn für ein Verhör auf einem Polizeirevier hatte Jonny keine Nerven. Zuerst musste er den schmerzlichen Verlust von Marvin und dessen Frau verarbeiten.

Vor der Tür holte er erst einmal tief Luft und ein kalter Schauer ließ seinen Körper vor Kummer erneut erzittern.

Leises Winseln riss ihn aus seiner Starre und liebevoll versorgte Jonny die Schusswunde des Rüden. Kaum war die Verletzung verbunden, sprang Sunny angriffslustig auf die Beine und begann erneut den Wald anzuknurren.

"Lass uns von hier verschwinden. Wir sitzen hier wie auf dem Präsentierteller", versuchte Jonny, den nervösen Hund zu beruhigen. Schleunigst raffte er die Sachen zusammen und im Eilschritt überquerten sie die Wiese. Die schützende Deckung des Waldrands nahm sie wie zwei verlorene Kinder auf. Kaum umhüllte sie das Dickicht, da blieb Sunny wie angewurzelt stehen. Angespannt stieß er ein bedrohliches Knurren aus.

"Ruhig, Junge, ganz ruhig." Aufmerksam beobachte Jonny die Umgebung. Er spähte an den schwingenden Schatten der Äste entlang. Derweil stand Sunny mit gesträubtem Fell und aufrechten Ohren an Jonnys Seite und ließ sein gefährlich dunkles Schnauben erschallen.

"Gehen wir", raunte Jonny seinem Kumpel ins Ohr, der sich nicht vom Fleck rührte.

"Komm schon." Forderte Jonny mit festerer Stimme seinen Rüden auf zu gehorchen. Nur fort von hier, überlegte er.

Sein Herz krampfte sich zusammen, als links von ihnen ein morscher Ast knackte. Er war kein Hasenfuß, aber mit einem heimtückischen Jäger, der in seinen Wäldern umherschlich, wollte er sich lieber nicht anlegen.

Sunny stand in der Zwischenzeit mit gefletschten Zähnen da und setzte schon zum Sprung an. In letzter Sekunde hielt Jonny ihn zurück. Beherzt griff er dem Vierbeiner ins Genick und zog ihn mit sich.

Hals über Kopf brachen sie durch das Dickicht. Hinter ihnen vernahmen sie erneut das Brechen dicker Äste, begleitet von unterdrückten Flüchen. Jonny war kurz davor, den Kopf zu verlieren. Auf der Flucht durch dieses unwegsame Gehölz empfanden sie überdeutlich ihren Verfolger im Nacken und Angst schnürte ihm die Luft ab.

Der geheimnisvolle Jäger trieb sie wie wilde Tiere durch das Unterholz, auf eine Bergkette zu. Jonnys Plan war, in einer der zahllosen Höhlen unterzutauchen und ihren Verfolger dadurch abzuschütteln.

"Verkriech dich wie ein räudiger Köter, der du bist! Doch ich werde dich finden." Kraftvoll durchdrang eine unmenschlich klingende Stimme den Wald. Gehetzt suchte Jonny nach dem Eingang zu einem seiner unzähligen Verstecke, was in der Abenddämmerung schwieriger war, als er angenommen hatte. Hinter einem dicken Felsbrocken, von tiefhängenden Ästen verborgen, verkrochen sie sich letztendlich wie erbärmliche Feiglinge. In gebückter Haltung bewegten sie sich in der Dunkelheit tief in den Unterschlupf hinein. So verharrten sie mit jagenden Herzen die nächsten Stunden.

Die Nacht war kalt und feucht in der Höhle. Die Zeit verrann und Jonny vermochte kaum, ein Auge zuzumachen. Zu viele Gedanken rasten durch seinen Kopf.

Wer oder was war das gewesen? Warum verfolgte er ihn? Was wollte dieser, von Hass erfüllt Mann, von ihm? Er fand keinen Reim darauf, bis ihm spät in der Nacht die Augen vor Müdigkeit zu fielen.

Mit steifen Gliedern krochen sie am nächsten Morgen aus der Höhle. Die Sonne schickte ihre ersten Sonnenstrahlen über das grüne Blätterdach. Die Vögel zwitscherten den Morgen herauf. Gemeinsam streckten sich Mann und Hund dem neuen Tag entgegen.

"Was meinst du Kumpel, hast du Hunger? Ich könnte einen Bären verspeisen und ich wüsste genau, wo wir eine üppige Mahlzeit bekommen." Ein flüchtiges Grinsen schlich sich auf Jonnys Gesicht. Aus Sunnys Kehle erklang ein zustimmendes Brummen, der daraufhin den Weg zum See hinunter sprintete, um seinen Durst zu löschen. Beklommen warf Jonny einen Blick in die Runde, bevor er Sunny hinterhertrottete. Das mulmige Gefühl des vergangenen Abends war nicht verschwunden und er drehte sich bei jedem eigentümlichen Geräusch des Waldes unschlüssig um.

Cynthia

Nach einer kleinen Morgentoilette genehmigten sich Jonny und Sunny eine karge Mahlzeit des getrockneten Dörrfleisches, das er stets bei sich trug. Wobei seine Gedanken abschweiften. Insgeheim freute er sich auf eine warme Dusche und ein üppiges Frühstück bei seiner heimlichen Freundin.

Cynthia würde die düsteren Gedanken an die zerstückelten Leichen seiner Freunde vertreiben, wenigstens für ein Weilchen. Ein kleiner Plausch und einige erfreuliche Stunden mit der anmutigen Lehrerstochter konnten Wunder bewirken, hatten schon oft Wundertaten bewirkt. Wann immer er auf seinen einsamen Wanderungen in ihrer Gegend war, kehrte er bei ihr ein und sie tauschten nicht nur Neuigkeiten aus.

Cynthia Oldsons Haus grenzte direkt an den Wald. Die weißen Fensterläden erzeugten einen passenden Kontrast zur typischen Falun roten Fassade, wie die Häuser in Schweden sie so oft tragen. Ihr Vater, der Dorflehrer, hatte es ihr vererbt, nachdem er seinen Beruf an den Nagel gehängt hatte und auf Weltreise ging.

Wie zwei Urgesteine brachen Jonny und Sunny aus den Schatten der Bäume hervor. Der Vierbeiner spurtete aufgeregt über die Rasenfläche auf das Haus zu. Er kannte das Ziel, ohne dass sein Herrchen es ihm sagen musste. Leichtfüßig sprang er über den hüfthohen Zaun und bellte die verglaste Tür an.

"Keiner zu Hause? Warte Kumpel, ich hole den Zweitschlüssel." In freudiger Erregung grinste Jonny dümmlich vor sich hin. Er hob einen großen Gartenzwerg an. Wasserfest in einer kleinen Plastiktüte verpackt, lag der Schlüssel zu Cynthias Haus sicher verstaut. Sehnsüchtig öffnete Jonny die Tür.

"Oh Gott, nein! Das darf nicht wahr sein!" Erschüttert nahm er den Geruch schon im Hauseingang wahr. Überstürzt rannte er durch die vertrauten Räume und durchsuchte das Erdgeschoss. Er jagte die altersschwache, knarrende Holztreppe hinauf, bis er vor der verschlossenen Schlafzimmertür stand. Die Geräusche, die an sein Ohr drangen, waren ihm auf gruselige Art vertraut und doch wollte er es nicht wahrhaben. Ein Schauer überfiel ihn, als er die Klinke herunterdrückte und durch einen kleinen Spalt in den Raum spähte.

Ein Heer von Fliegen stürzte durch die schmale Öffnung in die Freiheit und verteilten sich im übrigen Haus.

Mit einer unsagbaren Leere im Herzen öffnete Jonny zitternd vollends die Tür. Von der Erinnerung an die vielen betörenden Stunden, die er hier mit Cynthia verbrachte, übermannt, schossen ihm Tränen der Verzweiflung in die Augen, als er das erschreckende Bild sah. Es war ihm zuwider, nur einen Schritt in das Zimmer zu setzen und doch musste er sich dazu durchringen.

Das Bett, in dem seine einstige Geliebte lag, war übersät mit kleinen weißen Maden. Bestürzt zog er die Bettdecke zurück, die sich wie von einer unsichtbaren Macht angetrieben, bewegte. Er musste erst einmal tief Luft holen und seinen Ekel hinunterschlucken, bei dem Anblick, dem sich ihm bot. Ihr ehemaliges Liebesnest war überfüllt mit fressgierig Larven, die genüsslich an Cynthia schmausten und aus all ihren Körperöffnungen krochen. In der geöffneten Bauchhöhle wimmelte es zudem von den weißen Puppen der Schmeißfliegen. Neben ihrem linken Auge, das am Sehnerv aus seiner Höhle hing, krabbelte eine soeben geschlüpfte Fliege hervor. Aus dem zum Schrei geöffneten Mund drückten und schoben sich weitere weiße Körper. Und noch etwas anderes stach aus ihrem einst so sinnlichen Mund ins Freie.

Widerstrebend beugte sich Jonny zu ihr und fischte angewidert mit ausgestrecktem Arm eine lange weißliche Kralle aus der Kehle. Angeekelt schüttelte es ihn am ganzen Körper, als eines dieser kleinen bleichen Tierchen über seine Hand kroch. Panisch riss er die Hand zurück und drehte sich zur Tür. Fluchtartig wollte er das Zimmer verlassen, da bemerkte er erst das gesamte Ausmaß des Grauens. Auf dem Teppich, im halb geöffneten Schrank und auf der Kommode tummelten sich Maden, Puppen und Fliegen. Seinen Fund so fest umklammernd, dass die Kralle in die Haut schnitt, stürzte er entsetzt nach draußen, wo er Sunny zurückgelassen hatte und der geduldig auf ihn wartete.

Hechelnd sprang der Weimaraner auf Jonny zu und leckte ihm das Gesicht ab, nachdem dieser sich verkrampft und mit einem Brechreiz kämpfend über den Boden rollte.

In diesen Minuten fühlte Jonny sich fürchterlich einsam. Warme Tränen flossen ihm die Wangen hinunter. Selbst Sunny konnte ihm im Augenblick des größten Schmerzes keinen ausreichenden Trost spenden.

Jonny, der um seine Fassung rang, bemerkte den regungslosen Späher am Waldesrand nicht. Der heimliche Beobachter rieb sich erfreut die Hände, als ein einzelner Sonnenstrahl sich in seiner Brille spiegelte. Schnell zog er sich tiefer in das grüne Dickicht zurück.

Das Gesicht in seine rauen Hände gestützt, saß Jonny wie gelähmt in Cynthias Vorgarten und grübelte über diese - seine - verzweifelte Lage.

"Was ist hier nur los? Warum werden meine Freunde auf solch bestialische Art ermordet? Und wer bringt es übers Herz, einer Frau die Augen herauszureißen?" In Gedanken versunken bemerkte Jonny nichts von dem heimlichen Späher. Erst das wilde Aufflattern einiger Drosseln schreckte ihn hoch. Verschreckt wie ein Hase rannte er in den nahen Wald. Von dort warf er einen letzten sehnsuchtsvollen Blick auf das Haus, ehe er mit einem leidgeprüften Atemzug eine der schwersten Entscheidungen seines Lebens traf.

"Sunny, wir haben eine Aufgabe! Wir werden diesen Teufel in Menschengestalt aufspüren und vernichten. Wir werden Marvin und Cynthia rächen und wenn es das Letzte ist, was ich tue. Ich kann und ich werde es nicht hinnehmen, dass meine Freunde auf solch barbarische Art ihr Ende finden mussten. Zusammen werden wir den kaltblütigen Mörder stellen und herausfinden, was ihn dazu antreibt, jeden in meinem näheren Umfeld zu töten. Was sagst du dazu?" Entschlossen sprach Jonny auf Sunny ein. Das Stück Horn in seiner Hand vergessen, ballte er die Hand zur Faust. Schmerzhaft bohrte sich das kleine Stück einer Tatze in seine Handfläche, was Jonnys Lebensgeister auflodern ließ und ihn zum Nachdenken anregte.

"Was führt den Mörder dazu, überall Reste einer Kralle zurückzulassen? Ist es sein Markenzeichen oder will er mir damit etwas sagen?", unschlüssig schweifte sein Blick von seiner Handfläche zu Sunny und wieder zurück. Jonny war dermaßen in seine eigene qualvolle Welt eingetaucht, dass er Sunnys Grummeln vollkommen überhörte.

Der Hund stand mit hochgezogenen Lefzen einige Meter entfernt in Angriffsstellung. Seine scharfen Augen misstrauisch auf das undurchdringliche

Dickicht gerichtet. Allmählich fiel Jonny Sunnys Gebärden auf und ihm beschlich schlagartig das Gefühl, beobachtet zu werden. Blinzelnd spähte er ins dunkle Dickicht. Für alle Fälle zückte er sein scharfes Jagdmesser. Konzentrierte sich auf jede kleinste Aktivität im Wald. Nach längerem Warten bemerkte Jonny aus den Augenwinkeln eine Bewegung und Sunnys Gebärden wurde deutlich aggressiver.

"Was willst du von mir?" Kraftvoll schallte Jonnys Stimme durch das Gehölz, aber statt einer Antwort hörten sie nur das Trampeln schwerer Schritte auf dem Waldboden. An Sunny gewandt, der sich ein wenig entspannte, raunte Jonny: "Zeig mir, wo er sich versteckt. Ich will dieses feige Schwein zu fassen bekommen." Der schlanke Rüde nahm die Spur auf und lief mit großen Schritten schnurstracks in den Wald. Wie ein graziöses Reh sprang er über das dichte Unterholz. Jonny stolperte ihm schwerfällig hinterher. Wobei er seinen vierbeinigen Fährtenleser schnell aus den Augen verlor. Er kämpfte sich wütend durch das Gestrüpp, als er Sunny markerschütternd aufjaulen hörte. Wie vom Donner gerührt, blieb er stehen. Sein

Verstand wollte nicht für wahr halten, was er gehört hatte.

"Nein, Sunny. Das wollte ich nicht", schluchzte Jonny. Verzweifelt suchte er seinen Hund und stürzte immer tiefer in den Wald hinein.

"Sunny! Sunny?", hallte Jonnys angstverzerrte Stimme zwischen den Bäumen. Immer wieder rief er den vertrauten Namen, bis ihm vor Heiserkeit die Stimme versagte. Haltlos irrte er umher und lief kreuz und quer, bis ein leises Wimmern an seine Ohren drang.

"Sunny! Sunny wo bist du?" Krächzend lief Jonny zwischen den Bäumen herum, dem traurigen Winseln des Hundes folgend. Ein Schrei, der durch Mark und Darm ging, erschütterte das Wäldchen und Jonny stürzte auf den Weimaraner zu.

"Oh nein!" Dicke Tränen rannen ihm die Wangen hinunter, als er Sunny zwischen zwei uralten Baumstämmen liegen sah. Vorsichtig beugte Jonny sich über ihn und begutachtete voller Sorge seine Verletzungen.

"Was hat dieser Mistkerl dir nur angetan?!" Behutsam drückte Jonny sein Taschentuch auf die Wunde, obwohl er befürchtete, dass es nichts half. Der

Bauchraum war eine einzige klaffende Öffnung, aus der die Därme heraushingen. Vorsichtig hob er den winselnden Hund hoch und lief mit ihm auf den Arm quer durch den Wald zum kleinen Dörfchen zurück. Unaufhörlich flossen die Tränen und völlig erschöpft erreichte er den einzigen Tierarzt in der Gegend.

Dr. Emmerling, der gerade nach seinen Welpen schaute, die ausgelassen im umzäunten Garten spielten, sah den Hünen mit einem roten Bündel auf dem Arm auf sich zu laufen.

Kann Sunny gerettet werden?

"Was ist passiert?" Augenblicklich stürzte der Mediziner zur Pforte und ließ den fremden bärtigen Mann mit seinem verletzten Hund herein. Der vor Anstrengung keuchende Jonny brachte kein Wort heraus. Mit einem Kopfnicken bedankte er sich und trug Sunny durch die offenstehenden Türen in den Behandlungsraum. Jonny wollte seinem treuen Gefährten auf keinen Fall von der Seite weichen, doch der Doktor schickte ihn in den Wartesaal hinaus.

Jonny verließ widerwillig das Zimmer, nicht ohne seinen Freund noch einmal liebevoll über den Kopf zu fahren. Derweilen bereitete Dr. Jack Emmerling alles für die Notoperation vor. Er wirbelte durch den Raum, brachte Operationsbesteck und Tücher zum Tisch und begann, ohne zu zögern, mit seiner Arbeit.

Der Arzt versuchte alles, um den Hund zu retten, aber ihm wurde schnell klar, wie hoffnungslos die Sache war. Nicht nur die Gedärme des armen Hundes waren durcheinander gewürfelt, die Leber war ebenfalls betroffen. Das Messer hatte einen tiefen Schnitt in ihr hinterlassen. Es war ein verlorener Kampf. Wenig später trat Dr. Emmerling mit einem resignierenden Kopfschütteln ins Wartezimmer und teilte Jonny mit, dass jede Hilfe zu spät kam.

"Es ist zweifelsohne ein schwerer Verlust für Sie, aber wie kam es zu diesem Unfall?" Forschend schaute Dr. Emmerling dem Besitzer seines toten Patienten ins Gesicht.

"Ich verstehe es nicht. Ich ...", in dieser Sekunde übermannte es Jonny und die Erlebnisse der letzten Stunden stürzten auf ihn ein. Ein haltloses Schluchzen quetschte sich durch seine geschlossenen Lippen, wobei es ihn vor Trauer und Verzweiflung regelrecht schüttelte. Dr. Emmerling gewährte dem Hünen einige Minuten, um den Verlust zu verarbeiten. Er konnte nicht wissen, dass Jonny nicht nur der Tod des Hundes quälte, und dass die Bilder weiterer ausgeweideter Körper auf ewig in die Netzhaut dieses Mannes eingebrannt waren.

Freundschaftlich legte der Doktor ihm eine Hand auf die Schulter. Doch anstatt sich zu beruhigen, quollen bei diesem Akt der Anteilnahme noch mehr Tränen hervor und Jonny wurde regelrecht von einem Weinkrampf übermannt.

Schweigend vergingen die Minuten. Erst das blubbernde Geräusch des Wasserspenders riss Jonny aus seinen trübsinnigen Gedanken. Der Arzt hielt ihm einen Becher der kalten Flüssigkeit hin, dessen Inhalt er gierig hinunterstürzte. Kaum hatte er sich ein wenig beruhigt, durchfuhr es ihn wie ein Blitz. Die Polizei hatte noch keine Kenntnis von Cynthias Tod. Aufgeregt sprang er auf, seine umherhuschenden Blicke suchten im Wartesaal nach einem Telefon.

"Oh Gott, nein. Sie müssen die Polizei verständigen. Da ist eine Frau, die ist ebenfalls brutal ermordet worden", platzte er in gequältem Tonfall heraus. Der Arzt schaute den bärtigen Mann verständnislos an. Er verstand kein Wort des unverständlichen Geplappers. Dunkle Vorahnungen ahnend, fragte er nach, worauf Jonny zitternd vor unbändiger Wut und Trauer ausflippte.

"Verstehen Sie denn nicht, rufen Sie doch endlich die Polizei!" Jonny packte den Arzt am Kittel und schüttelte ihn kräftig durch. Peinlich berührt bemerkte er aber umgehend sein unangebrachtes Verhalten und ließ den Doktor los. Eine ungemütliche

Stille entstand und Dr. Emmerling hakte behutsam nach.

"Von wem sprechen sie? Wer ist ermordet worden? Jemand aus unserem Dorf? Woher wissen sie..." Misstrauisch rückte der Doktor ein Stück von diesem verwilderten, bärtigen Mann weg.

"Verdammt noch mal, rufen Sie endlich an. Sie müssen den Mörder finden. Es ist gewiss derselbe, der Marvin und seine Frau getötet hat."

Jetzt war der Tierarzt völlig verwirrt und verstand gar nichts mehr. Mit großen Augen schaute er den Mann bestürzt an. Dr. Jack Emmerling hatte schon beim ersten Anblick dieses verlotterten langhaarigen Kerls erahnt, dass der nichts Gutes verhieß. Jetzt flüchtete er regelrecht aus seinem Wartezimmer. Schweißgebadet und mit zittrigen Fingern versperrte er eiligst die Tür und stürzte zum Telefon.

"Hallo! Hallo, Polizei? Hören Sie, bei mir sitzt ein Irrer. Kommen Sie bitte schnell!" Aufgewühlt brüllte der Tierarzt die Polizeibeamtin an. Mit routinierter Stimme versuchte die freundliche Polizistin, den Anrufer zu beschwichtigen. Es dauerte, bis sich die Fragen in Jacks Gehirn sinnvoll zusammenfügten und er sich darauf konzentrierte.

"Können Sie mir Ihren Namen sagen? Von wo rufen Sie an? Befinden sich andere Personen im Gebäude oder in unmittelbarer Gefahr?"

"Wa ... was?", stotterte Jack Emmerling verdattert in den Hörer. Dann holte er tief Luft, sortierte seine Gedanken und versuchte, die Fragen der Polizistin wahrheitsgemäß zu beantworten. Doch schnell wurde der Beamtin klar, dass ihr Gesprächspartner unter extremem Druck stand. Sie brauchte einige Zeit, um das Gehörte in eine verständliche Sprache umzusetzen, aber da war es schon zu spät.

"Kommen Sie schnell. Ich habe einen toten Hund und er sagt, dass ein gewisser Marvin und seine Frau tot seien. Genauso wie Cynthia Oldson. Verflucht noch mal, ich habe keine Ahnung, was ich machen soll. Ich habe ihn im Wartesaal eingesperrt, aber wie lange hält eine Spanplattentür einem Verrückten stand?! Und dazu noch der Hund! Ich ..." Der Telefonhörer fiel ihm aus der Hand, als Jack bewusstwurde, dass seine Frau und sechsjährige Tochter zusammen hinten im Garten spielten. Ohne auf das Geplärr aus dem Telefonapparat zu reagieren, rannte er raus.

Jack reagierte in diesem Moment äußerst überspitzt. Er stürzte nach draußen, riss seine Tochter aus dem Sandkasten und stürmte zur hinteren Gartenpforte hinaus.

"Komm schon!", rief er seiner Frau im Vorbeihasten zu, die völlig überrumpelt in einem Korbstuhl saß und ihrem Mann verblüfft hinterher schaute. Ihr blieb nichts anderes übrig, als Jack auf dem schmalen Weg hinter dem Grundstück zu folgen, wobei jeder Schritt ihre aufkeimende Wut erhitzte.

"Was ist denn in dich gefahren? Hast du zu viel Lachgas geschnüffelt? Verdammt Jack, was soll der Blödsinn? Ich verlange sofort eine Erklärung!", geiferte sie weit hörbar durch die Nachbarschaft.

"Gib mir unsere Tochter, du hast sie vollkommen verschreckt! Und sag mir endlich, was los ist!"

Entrüstet schaute Jack seine Noch-Ehefrau an. Das ist mal wieder typisch für dieses Weibsbild. Ich rette ihr und unserem Kind das Leben und sie unterstellt mir die unmöglichsten Geschichten. Ihr Gezeter und Geschrei regte ihn furchtbar auf und wie so oft überlegte er, dass er es nicht mehr lange mit ihr aushalten würde. Dementsprechend wütend reagierte er auf die Vorwürfe.

"Sei endlich still. In meinem Wartesaal sitzt ein …"

"Oh, ist es jetzt schon dein Wartesaal, nicht mehr unser! Was gehört dir denn noch alles? Du scheinst vergessen zu haben, dass mein Vater uns die Praxis ermöglicht hat, nachdem du mit nichts außer Luft in den Taschen von der Uni kamst. Für wen hältst du dich, du undankbares Arschl..."

"Es reicht, hör auf. Nicht vor unserer Tochter." Jack stand kurz davor, die Nerven zu verlieren. Es fehlte nicht mehr viel, dann würde ihm die Hand ausrutschen. Es war normalerweise gar nicht seine Art, aber diese Hexe brachte ihn regelmäßig zur Weißglut.

Seit der Geburt ihrer Tochter war sie wie ausgewechselt. Jack lernte seine Frau an der Uni kennen. Sie war eine einfühlsame und liebenswerte Persönlichkeit. Genau wie er studierte sie Medizin. Nach dem Studium planten sie eine gemeinsame Praxis. Er suchte sein Glück in der Pflege der Tiere und sie in der Humanmedizin. Sie wollten einen alten Bauernhof kaufen. Eine altersschwache Scheune sollte umgebaut und die Praxis für seine tierischen Patienten werden. Wohingegen Melissa, seine Frau und Allgemeinmedizinerin sich im Haupthaus mit den entsprechenden Räumlichkeiten, um die zweibeinigen Patienten kümmern würde. Bedauerlicherweise kam es im letzten Studienjahr anders, wie sie es geplant hatten. Melissa wurde schwanger. Zu ihrem großen Übel bekam sie in der 33. Woche Blutungen und durch die Frühgeburt schaffte sie ihren Abschluss nicht. Es verging nicht ein Tag, an dem Jack ihre Frustration nicht zu spüren bekam.

Mit hochrotem Kopf stand er vor seiner streitsüchtigen Frau. Seine Geduld war am Ende und sie brüllten ihren aufgestauten Frust hinaus. Mitten in ihrem Streitgespräch erklangen in der Ferne die ersten Sirenen. Kurz darauf erkannte sie die typische Kennzeichnung eines Polizeifahrzeuges.

"Was ist denn jetzt passiert? Wieso rückt die Polizei an? Was ist hier los?", echauffierte sich die Frau, die nichts mehr Verstand und sie lenkte augenblicklich ihren Hass auf ein anderes Ziel. Ihre eigene

Unzufriedenheit hatte ein neues Opfer gefunden.

Die Augen zu kleinen Schlitzen zusammengekniffen, schaute sie den eintreffenden Einsatzkräften erstaunt entgegen. Hektisch drehte sie sich zu ihrem Mann um. Von einem Fuß auf den anderen trippelnd, stand er nervös da. Langsam rollte der Wagen vor ihren Füßen aus und die jungen Uniformierte traten mit festen Schritten auf das Ehepaar zu. Ehe die Polizisten das Wort ergreifen konnten, sprudelte es aus Jack heraus.

"Kommen Sie schnell. Er ist verrückt! Pausenlos quasselt dieser Mann von Menschen, die ermordet wurden. Bitte, ich ..."

Beschwichtigend trat Polizist Samuelson auf Jack zu.

"Bleiben sie ganz ruhig, junger Mann. Wer hat wen getötet?" Fragend bewegten sich die beiden Polizisten auf dem Arzt zu.

"Da, da im Wartesaal sitzt er. Ich habe ihn eingesperrt." Jack stand mit dem Rücken zum Haus, zeigte über die Schulter auf die untere rechte Seite seines Anwesens und ahnte nicht, dass an der Frontseite etwas nicht stimmte. Argwöhnisch schauten sich die Polizisten an. Auf den ersten Blick stellten die Uniformierten nichts verdächtiges fest, außer dass in der angegebenen Richtung ein kleines Fenster offenstand.

"Sie bleiben hier und wir sehen uns ein wenig im Haus um." Die Beamten Samuelson und Lundgren näherten sich dem Gebäude, um es einer genaueren Inspektion zu unterziehen. Aufgeregt stoppte Jack Emmerling sie mit einem Ausruf.

"Warten Sie." Jack, der den Hergang der Polizisten beobachtete, bemerkte erst jetzt die Bescherung.

"Was? Was ist los?", fragte Samuelson misstrauisch.

"Er ist weg."

"Was wollen Sie damit sagen? Er ist weg!" Die Geduld der Polizisten wurde auf eine harte Probe gestellt, denn aus dem Gestammel des Mannes vor ihnen wurden sie beileibe nicht schlau.

"Das Fenster, es steht offen."

"Was wollen sie uns damit sagen? Er ist weg und was hat das mit dem geöffneten Fenster auf sich?", regte sich Lundgren auf. Er war ein leicht aufbrausender Mensch und verlor schnell die Beherrschung. Olof Samuelson trat zu seinem Kollegen und legte ihm beschwichtigend die Hand auf den Arm. Ihn beschlich eine kleine Vorahnung, wovon der Arzt stammelte.

"Wir werden uns im Haus umsehen. Sie warten solange hier", ordnete Erik Lundgren an. Wobei keiner von den Anwesenden bemerkt hatte, dass Melissa nicht bei ihnen stand und so kam es, dass sie mit ihrem Kleinkind auf dem Arm in der Tür stand. Verwundert wandte sich Lundgren der Frau zu, da erklang ihre keifende Stimme schon von der Eingangstür her. Sie hatte nichts von der Unterhaltung zwischen den Polizisten und ihrem Mann mitbekommen, weswegen sie lautstark über die Straße rief: "Jack, was soll das? Warum ist die Polizei hier? Musst du wegen unseres kleinen Streits direkt die Uniformierten rufen?" Laut hörbar stöhnte Jack auf und die beiden Polizeimeister schauten zwischen dem Ehepaar skeptisch hin und her.

"Kommen Sie, gehen wir rein. Das müssen wir nicht unbedingt auf der Straße ausdiskutieren. Meine Frau bereitet einen Kaffee zu und ich werde Ihnen der Reihe nach alles berichten."

Gewissenhaft inspizierten die Polizisten den Stall und durchsuchten das Haus nach verdächtigen Personen. Jonny blieb spurlos verschwunden. Der Kaffeeduft lockte die Uniformierten in der Küche der Emmerlings, und der Doktor berichtete ihnen von den Vorkommnissen mit dem verwirrten Mann. Nachdem Jack den beiden Polizisten seine Sicht der Geschehnisse erklärt hatte, warfen sie einen kurzen Blick auf den Kadaver des Hundes. Von dem verwahrlosten Mann fehlte weiterhin jede Spur und so nahmen die Gesetzeshüter die Anzeige der Emmerlings auf. Kurz darauf verabschiedeten sie sich mit dem Versprechen, ihren Hof öfter einen Besuch abzustatten.

Sunny bleibt zurück

Einsam und verlassen saß Jonny in diesem kleinen Raum und starrte stumpfsinnig vor sich hin. Verzweifelt versuchte er, seine Tränen Einhalt zu gebieten, doch das war ein haltloses Unterfangen.

"Sunny. Es tut mir so leid", murmelte Jonny vor sich hin, wobei die Sorge um seinen Hund, ihn seine Platzangst für einen kurzen Augenblick vergessen ließ. Er hoffte inständig, dass der Doktor den einzigen ihm übrig gebliebenen Freund rettete.

Überwältigt von Erinnerungen, sah er das kleine Wollknäuel, das Sunny einmal gewesen war, vor sich. Wie er im dichten Gebüsch ausgehungert und vor Angst zusammengerollt dalag. Es war ein erbärmlicher Anblick, wie das Bündelchen Fell sich im Dickicht versteckte. Jonny verharrte damals mit Engelsgeduld bei dem Winzling.

Er hatte seine karge Mahlzeit mit ihm geteilt, einen Napf mit Wasser bereitgestellt und immer wieder beruhigend auf ihn eingesprochen. Der Durst des kleinen Knäuels ließ ihn sein Misstrauen vergessen und vorsichtig schlich er sich an den

Wassernapf, wobei er Jonny nicht aus den Augen ließ. Wachsam beäugte der junge Hund, jede Bewegung des Menschen. Sobald er merkte, dass von dieser menschlichen Gestalt keine Gefahr ausging, schnappte der Rüde sich das Fressen und verzog sich mit seiner Eroberung ins Gebüsch. Langsam, aber stetig fasste der ausgestoßene Hund Vertrauen und seit diesem Zeitpunkt waren die beiden unzertrennlich.

Erschrocken fuhr Jonny aus seinen Erinnerungsfetzen. Der Doktor kam mit polterndem Schritten in den Wartesaal gestürzt, um ihm den Tod seines Hundes mitzuteilen. Gefangen in seiner eigenen privaten Tragödie, stammelte Jonny zuerst unzusammenhängende Worte vor sich hin, bis ihm Cynthia einfiel. Abgehackt und bruchstückhaft erzählte er dem Doc von den verstümmelten Leichen. Obwohl ein Arzt unausweichlich mit dem Tod zu tun hat, wurde Jonnys Gegenüber immer bleicher, bis dieser kopflos hinausstürzte. Jonny war es nur recht. Für ihn war es an der Zeit, seinen Gefährten zu holen. Schwerfällig schlurfte er zur Tür des kleinen Warteraums, drückte die Klinke, aber nichts geschah. Verzweifelt riss und zog er daran, doch die Tür blieb verschlossen. Hektisch schaute er sich im Zimmer um. Links eine Reihe von sechs Stühlen, rechts das gleiche Bild. Außer dem schmalen Fenster, unter dem ein kleiner Beistelltisch mit Tierzeitschriften stand, sowie ein Wasserspender, gab es keine Fluchtmöglichkeit. Angespannt probierte Jonny wiederholt sein Glück an der Tür, die aber fest verschlossen blieb. Der einzige Weg in die Freiheit, bestand aus dem viel zu kleinen Fenster.

"Wie, zum Kuckuck, soll ich denn da durchpassen?", ereiferte sich Jonny, aber einen anderen Ausweg fand er nicht, selbst wenn das hieß, Sunny zurücklassen zu müssen. Er zog sich den hölzernen Tisch herbei und quetschte sich im wahrsten Sinne des Wortes durch die Öffnung. Seine breite Körpermaße schlängelte sich durch die schmale Lücke. Panik, stecken zu bleiben, durchströmte ihn, wobei ein selbstmitleidiges Grinsen ihn übermannte, als er das Bild vor seinem inneren Auge sah, das er abgeben würde, wenn er in diesem viereckigen Loch stecken blieb: ein Riese von einem Mann, dessen Oberkörper über dem Vorgarten hing und der hilflos mit den Beinen im Wartesaal zappelte. Doch mit

Energie, Durchhaltevermögen und vielen blauen Flecken schaffte es Jonny zum Fenster hinaus. Kaum stand er fest auf seinen Füßen, hörte er in der Ferne das Martinshorn näherkommen. Ihm blieb nichts anderes übrig. Schleunigst verschwand er im Wald. Gewissensbisse plagten ihn, weil er seinen treuen Gefährten zurückzulassen musste. Jedoch, das Letzte, was er jetzt brauchte, war, Polizeibeamten Rede und Antwort zu stehen. Die quälende Erinnerung an seine verlorenen Freunde musste Jonny allein in der Abgeschiedenheit der Wälder verarbeiten. Und genau dahin zog er sich zurück.

"Ich komme dich holen, Kumpel. Ich werde dich nicht bei diesem Quacksalber lassen", versprach er Sunny. Mit einem letzten verzweifelten Blick auf das Haus suchte er sich ein sicheres Versteck am Waldrand. Von dort beobachtete er die Szene mit den eintreffenden Polizisten vor der Arztpraxis.

Mit dem Umfeld verschmolzen, schweiften seine Gedanken zurück zu dem Tag, an dem er Sunny gefunden hatte.

Augenblicklich hatte sich der Bär von einem Mann in das kleine, hilflose Geschöpf verliebt. Nur die Suche nach einem passenden Namen bereitete ihm Kopfzerbrechen. Tage vergingen, ihr gegenseitiges Vertrauen wuchs mit jeder Stunde, wobei Jonny unentwegt hin und her überlegte.

"Was hältst du von Vasco oder Lasso? Nein, gefällt dir nicht?" Der Welpe reagierte auf keinen dieser von Jonny vorgeschlagenen Namen. Stur trottete er neben seinem neuen Herrchen her.

"Wir werden schon einen passenden Namen für dich finden. Einen, der genau zu dir passt. Bis dahin nenne ich dich erst einmal Junge. Du bist doch ein Männchen, nicht wahr?" Daraufhin blieb der Hund kurz stehen und schielte trotzig zu dem Menschen hinauf.

Lächelnd schaute Jonny seinen neuen Freund hinunter, dessen zotteliges Fell in der leichten Brise flatterte. In dieser Sekunde wurde Jonny von der Sonne geblendet und es traf ihn wie ein Faustschlag.

"Hey Junge! Jetzt habe ich´s. Was hältst du von Sunny? Du bist der Sonnenschein in meinem Leben."

Freudig blieb der junge Weimaraner stehen und schaute beeindruckt zu seinem

Herrchen hoch. Ja, Sunny gefiel ihm eindeutig.

Wie ein bewährtes Team durchstreiften sie den Wald. Kontrollierten die aufgestellten Fallen und gaben sich gegenseitig Halt. Sunnys junges, verspieltes Temperament sorgte für reichlich Abwechslung in Jonnys eintönigem Leben. Schmunzelnd beobachtete Jonny den jungen Rüden, wie er einen Schmetterling über eine saftig grüne Wiese jagte, wie er wenig graziös über einen verborgenen Ast strauchelte, dann aber einen erstklassig Salto hinlegte, sich schüttelnd wieder aufstand, um sofort das nächste Getier zu verfolgen. Jonny genoss die junge Unbekümmertheit des Wildfangs und Sunny profitierte von den Erfahrungen seines Herrchens. Gemeinsam lebten sie von der Jagd, sowie den Früchten des Waldes.

Ein Rascheln schreckte Jonny aus seiner Gedankenwelt und beklommen schaute er sich um.

"Nur ein Hase", versuchte er seine flatternden Nerven zu beruhigen. Wobei er sich wieder auf die Polizisten konzentrierte. Starr verharrte er auf seinem Platz, beobachtete die Beamten bei ihrer Arbeit und ließ sich zurück in die Erinnerungen mit seinem geliebten Vierbeiner treiben.

Die Sonne war schon lange hinter den Baumwipfeln versunken. Jonny erwachte aus seiner Starre und es war an der Zeit, Sunny bei diesem Dilettanten von Tierarzt abzuholen. Dr. Emmerling besaß einen ausgezeichneten Ruf als Veterinär, doch für Jonny würde er ein Pfuscher bleiben, dem es nicht gelungen war, seinem geliebten Hund das Leben ein zweites Mal zu schenken.

Im Schatten der Hecken und Zäune schlich Jonny zurück zum Haus, öffnete die leise quietschende Pforte zum Vorgarten, wobei er fast zu Tode erschrak. Laut kläffend kamen Hundewelpen um die Ecke geschossen, gefolgt von ihrer Mutter, die den Eindringling misstrauisch begutachtete.

Im ersten Stock flammten sofort die Lichter auf und Jonny stand wie auf dem Präsentierteller im Kreis des hellen Lichtes. Gedämpft drang das Wimmern sich öffnender Fensterscharniere an sein Ohr. Fieberhaft überlegte er, wie er dieser Situation entkommen könnte. Hilfesuchend schaute er sich um. In letzter Sekunde rettete er sich mit einem verunglückten

Hechtsprung ins Dunkel der Hausecke. Hart schlug Jonny auf seinem Musikantenknochen auf und sog scharf die Luft ein, um einen Schmerzensschrei zu unterdrücken, während die Welpen verspielt um ihn herum trotteten.

"Bring die scheiß Kläffer zum Schweigen! Ich sag dir, wenn die Kleine wach wird, wirst du keine ruhige Minute mehr haben." Melissa Emmerlings keifende Stimmlage drang durch das geöffnete Fenster zu Jonny hinunter. Ihre schrille Stimme fuhr ihm durch Mark und Bein.

"Im Grunde ist der Doc schon eine arme Sau, mit solch einem Giftdrachen zusammenzuleben", überlegte Jonny, wobei er sich schwerfällig hochrappelte. Da vernahm er schon die genuschelten Worte des Veterinärs.

"Ich geh nachsehen, was los ist." Seufzend verschloss Jack das Fenster und stiefelte müde die Treppe hinunter. Mit einem unterdrückten Fluchen stieß der Arzt die hintere Tür auf, wodurch ein ächzendes Quietschen der Scharniergelenke über den Hof erklang.

"Alles in dem verfluchten Haus quietscht und knarrt und ich muss diesem Drachen von Frau auf ewig dafür dankbar sein. Nur weil ihr Vater uns diese Bruchbude zur Hochzeit geschenkt hat. Wie mich das anekelt." Vor sich hin murrend, blieb der Arzt verwundert stehen und die Welpen stürzten sich freudig auf ihn.

"Was ist denn mit euch los? Ihr solltet doch schlafen?" Argwöhnisch suchte der Doktor die Mutter der sieben Hundebabys. Die aber bewachte weiterhin pflichtbewusst den Eindringling. Jonny, der sich keinen anderen Rat wusste, gab sich leise zu erkennen.

"Bitte erschrecken Sie nicht. Ich wollte nur meinen Hund abholen. Dann bin ich auch schon wieder verschwunden." Flehend versuchte Jonny, den Umstand seines nächtlichen Besuches zu erklären. Jack, dem der Schreck in die Glieder gefahren war, räusperte sich mehrmals, um seine Sprache wieder zu finden.

"Verdammt, haben Sie mir einen Schrecken eingejagt."

"Entschuldigung." Schuldbewusst versuchte Jonny die Situation zu seinen Gunsten auszunutzen.

"Es tut mir leid, aber die Polizei hat meine Praxis bis auf Weiteres versiegelt. Die Untersuchungen sind noch nicht abgeschlossen." Jonny konnte sich mit dieser Antwort nicht zufriedengeben. Er wollte seinen Hund holen und das würde er tun, egal welche Hindernisse er dafür überwinden müsste.

"Entschuldigung", wiederholte der Hüne.

"Wofür?" Mehr drang aus Jack nicht heraus, da Jonny kurz ausholte und ihn mit einem punktgenauen Schlag ausknockte.

"Wie gesagt, Entschuldigung", murmelte Jonny, wobei er über Jack hinweg trat. Schleunigst schnappte er sich den Schlüsselbund, der Jack aus der Hand gefallen war, und schlich in den hinteren Teil der Praxis. Es war ihm egal, was die Polizei für angemessen hielt und was nicht. Für ihn stand nur eines unumstößlich fest, sein treuer Kumpel hatte ein anständiges Begräbnis an seinem Lieblingsplatz verdient.

So kam es, dass Jonny zum zweiten Mal an diesem Tag, seinen Hund auf den Armen trug. Das Gewehr über den Rücken geschnallt, den ausklappbaren Spaten im Rucksack verstaut, lief er in den Wald.

Die ersten Sonnenstrahlen vertrieben die Nacht und Jonny stand schweißgebadet vor einem kleinen Grab, das er auf der Lichtung ausgehoben hatte. Liebevoll bettete er Sunny in seine letzte Ruhestätte. Mit der Schaufel in der Hand stand er verlegen vor dem Erdloch und wusste nicht, was er sagen sollte. Doch dann räusperte er sich hörbar und sprach mit belegter Stimme ein paar Worte für seinen Freund.

"Nie werde ich unsere gemeinsame Zeit vergessen. In meinem Herzen wird stets ein Platz für dich bleiben." Jonny war nie ein Mann der großen Worte gewesen und mit dieser kleinen Abschiedsrede, schaufelte er mit schwerem Herzen die ersten Schippen Sand auf seinen Freund.

Nach ein paar Minuten hielt er abrupt inne und schaute sich hektisch um. Das Gefühl, beobachtet zu werden, beschlich ihn erneut. Mit zusammengekniffenen Augen drehte er sich langsam im Kreis, erkannte aber nichts Verdächtiges. Lange stand Jonny vor dem Grab und empfand überdeutlich die Nähe seines Widersachers. Schweigend gab er sich dem Gefühl des aufsteigenden Hasses auf dieses Phantom hin, ehe er Sunnys letzte Ruhestätte endgültig zuschaufelte.

"Du Monster, du hast mir alles genommen. Ich werde dich finden und meine Freunde rächen. Du wirst dir wünschen, nie geboren zu sein", stieß Jonny zähneknirschend hervor.

Kraftlos klopfte er den losen Boden mit seinem Spaten fest, da durchschnitt ein ohrenbetäubender Schrei die Ruhe. Jonny fuhr vor Schreck zusammen und schaute sich gehetzt um.

Die erste Begegnung

"Was war das?", murmelte Jonny. Nur wenige Sekunden später erklangen grelle Hilferufe im Wald. Ein kurzer Blick zum Grab, ein paar gemurmelte Worte des Abschieds und Jonny lief mit dem Gewehr im Anschlag dem Rufer entgegen. Schon nach ein paar Metern entdeckte er die Katastrophe.

Ein junger Mann hing kopfüber an einem dicken Hanfseil von einem Baum. Hin und her schwingend versuchte er, einen der massiven Äste zu ergreifen, rutschte aber immer wieder mit seinen Fingerspitzen ab. Endlich schaffte er es, einen Arm um den Ast zu legen, da trat Jonny aus der Deckung. Erschrocken ließ der junge Mann den Halt los und guckte den Neuankömmling entsetzt an. Im flimmernden Sonnenlicht erkannte er dessen Gewehr. Derweil stierte Jonny den Fremden argwöhnisch an, nicht sicher, was der Hängende zu bedeuten hatte.

"Wer bist du und was willst du hier?", erklang Jonnys tiefe Bassstimme. Im Einklang mit dem Pendeln des Stricks ließ er das Gewehr mitschwingen, dessen Mündung den jungen Mann nicht verließ.

"Hilf mir", wimmerte das menschliche Pendel leise. Lange stand Jonny da und fixierte den jungen Mann. Unschlüssig, ob er den baumelnden Mann befreien oder ihn schmoren lassen sollte.

"Ich frage dich noch einmal, wer bist du und was machst du hier?" Mit fester Stimme verlangte Jonny Auskunft.

"Na ja, ich bin Jasper Jung und mit ein paar Freunden verbringe ich meinen Urlaub in der alten Olson-Hütte. Bitte lass mich runter."

Jonny war ungeachtet Jaspers Antwort nicht zufrieden und hakte nach.

"Wer sind deine Freunde und was habt ihr mit Marvin Persson zu schaffen?"

Jasper, der bei all dem Blut in seinem Kopf nicht mehr klar denken konnte, jammerte: "Ich kenne keinen Marvin Persson. Bitte, ich kann nicht mehr! Ich beschwöre sie, helfen sie mir!" Japste Jasper schweratmend.

Misstrauisch warf Jonny einen Blick auf den Baumelnden, bevor er sein scharfes Bowiemesser zückte und das Seil durchtrennte. Jasper, der auf den plötzlichen Fall nicht schnell genug reagierte, landete hart auf dem trocknen Waldboden. Mit dem Gewehr im Anschlag verfolgte Jonny jede Bewegung des Fremden.

"Setz dich auf den Baumstumpf und erzähl mir, wer deine Freunde sind." Jasper schlich zum Strunk. Ließ sich wie ein nasser Sack darauf plumpsen, wobei er den fremden Mann mit dem Gewehr resignierend anschaute.

Auf Jonny wirkte dieser junge Mann wie ein gebrochener Mensch. Trotzdem beobachtete er die gebeutelte Gestalt misstrauisch.

Jasper, dem die Flinte vorm Gesicht hing, nahm allen Mut zusammen und fragte sein bewaffnetes Gegenüber: "Hast du meine Freundin gesehen? Eine junge Frau, bildhübsch und mit ihrer feuerroten Haarpracht müsste sie hier im Wald leuchten wie ein Marienkäfer."

Perplex schaute Jonny den jungen Mann an. Dieser Kerl wurde mit einem Gewehr bedroht, wirkte gleichzeitig aber so verloren. Jeder normale Mensch hätte Angst, würde sich vor Schreck in die Hose machen, nur dieser Jasper nicht. Ihn interessierte nur seine Freundin. Das weckte Jonnys Respekt. Doch was hatte er mit den Problemen irgendwelcher Touristen zu tun? Er hatte genug eigene Sorgen. Trotzdem durfte er nicht nachlässig sein und musste auf Nummer sichergehen.

"Wieso soll ich deine Freundin gesehen haben? Ich will wissen, was ihr hier treibt!" Wütend verdeutlichte Jonny mit seinem Gewehr, dass er keine Mätzchen zuließ.

"Meine Freundin ist verschwunden. Sie ist entführt worden!" Jaspers Worte klangen jetzt weinerlich. Jonny, dem die eigenen Probleme längst über den Kopf wuchsen, war überfordert. Er besann sich kurz, setzte sich neben den jungen Mann und reichte ihm seine Wasserflasche.

Kaum hatte Jasper etwas von dem kühlen Nass getrunken, schien es ihm ein bisschen besser zu gehen und er stellte Fragen über Fragen.

"Wer bist du überhaupt? Weißt du wirklich nicht, wo meine Freundin ist? Warum hast du hier diese Fallen errichtet? Die sind saugefährlich für Mensch und Tier."

"Daher weht also der Wind", grübelte Jonny und bremste den Mann: "Immer langsam mit den jungen Pferden. Eins nach dem anderen. Erstens, das ist nicht meine Falle. Ich benutze nur welche für kleine Tiere. Diese hier wird von dem Mörder stammen." Verächtlich spie Jonny seine Mutmaßung hinaus.

"Mörder?", schrie Jasper schrill auf.

"Was für ein Mörder?" Hektisch schaute er sich um.

Jonny haderte mit sich. War es denkbar, dass dieser Jüngling und seine Freunde etwas mit den Morden zu tun hatten? Aber warum? Außerdem schaute dieser komische Kauz schon panisch drein. Wenn er aber unschuldig ist, wie viel konnte er diesem Grünsporn dann erzählen? Durfte er zulassen, dass noch mehr Tragödien im Wald passierten? Jonny kannte den Jungen und seine Freunde nicht, und von Natur aus war er ein vorsichtiger Mensch. Warum in drei Teufels Namen, sollten diese Leute ihm etwas antun wollen? Vielleicht konnte er sichergehen, wenn er dem Jungen genau erzählte, welch bestialische Zerstückelungen sich hier zugetragen hatten? Aber durfte er ihm weitere Ängste zumuten? Egal! Jonny, der in stillem Zwiespalt endlich seine Gedanken sortiert hatte, warf alle Zweifel über Bord und erzählte dem Jüngling eine Kurzfassung der Geschehnisse.

Was Jasper noch mehr in Panik versetzte, als er ohnehin schon war. Jonny behielt den jungen Mann genau im Auge, doch nachdem er sah, dass er grün im Gesicht wurde, verzichtete er auf weitere Details. Da er befürchtete, dass Jasper gleich ohnmächtig vom Baumstumpf kippen würde.

Doch der meinte mit zitternder Stimme:

"Gl … glaubst du …, da …, dass dieser Kerl auch meine Freundin entführt hat? Oh Gott, nein … viel… vielleicht ist sie schon tot. Oder er hat sie nur verschleppt, um sie in aller Ruhe umzubringen. Oder um …" das Entsetzen in Jasper Blick hatte seine Pupillen bis zum Zerreißen geweitet, doch dann starte er Jonny verstummend an. Sein Gesicht war kalkweiß und die aufgerissenen Augen füllten sich mit Tränen.

"Seit wann ist deine Freundin verschwunden?"

"Was?" Jasper, der in seiner eigenen Welt versunken war, erinnerte sich an die vorwurfsvollen Blicke am Morgen. Wie ihn seine Freunde angesehen hatten, als ob er ein Verräter wäre und Kimberly im Stich gelassen hätte. Nur weil er tief und fest geschlafen und nichts mitbekommen hatte. Geplagt von Selbstvorwürfen wollte Jasper schon zu seiner Verteidigung aufbrausen, da bemerkte er den ehrlichen Blick Jonnys.

Keine Anzeichen von versteckten Anschuldigungen waren in dem bärtigen Gesicht zu sehen. Nur unendliche Traurigkeit.

"Ach so, na ja, ich bin mir nicht sicher?", gestand Jasper kleinlaut ein.

"Wie? Du weißt nicht, wann deine Freundin verschwunden ist?"

"Na ja, doch, schon. Sie muss irgendwann in der letzten Nacht gegangen sein. Aber nachdem, was du sagst, ist sie definitiv entführt worden. Wir hatten uns alle zusammen hingehauen und heute Morgen, nachdem ich aufwachte, war sie verschwunden. All ihre Sachen waren noch da, nur Kimberly ... na ja ... sie war weg."

"Kimberly. So so." Jonny schaute Jasper komisch an und bemerkte dann unüberlegt: "Du hast einen kleinen Tick, stimmt`s? Dein 'na ja` nervt auf die Dauer, aber egal. Du sagtest, ihre Sachen seien noch vorhanden gewesen? Das ist merkwürdig. Aber ich denke, mein Mörder und dein Entführer können nicht ein und dieselbe Person sein. Ich gehe davon aus, dass der Mörder nur mir schaden will. Denn, wir beide sind uns hier zum ersten Mal begegnet. Du hast überhaupt keine Beziehung zu mir, beziehungsweise kenne ich deine Freundin nicht. Außerdem, warum sollte er sie entführen? Wäre es nicht sinnvoller, sie auf der Stelle umzubringen? Dann wäre sie keine Belastung für ihn und er müsste sich nicht mit einer Geisel rumschlagen. Und warum nur deine Freundin? Es hätte jeden von euch treffen können." Jonny rieb gedankenverloren seinen Bart, als ein lautes Brechen von Zweigen im Dickicht hinter ihnen ertönte.

"Komm, wir müssen hier fort."

"Nein, warte." Mehr brachte Jasper nicht hervor, denn er wurde von diesem großen Mann glattweg hochgerissen und mitgezogen.

Ihr Weg führte sie durch unwegsames Gelände, bis es steil bergab ging. Mit lang gestrecktem Hals schaute Jasper über den Abgrund. Dabei ging ihm sprichwörtlich der Arsch auf Grundeis. Er litt unter enormer Höhenangst.

"Nein, das kann ich nicht. Ich komm da nicht runter." Hasenfüßig stemmte Jasper sich mit den Fersen in den Boden, als Jonny ohne viele Worte ihn den Abhang hinunterschieben wollte.

"Dann viel Glück. Ich bin mir sicher, dass der Mörder, der mich ständig im Auge behält, nicht weit sein kann", raunte Jonny dem unfreiwilligen Gefährten ins Ohr, kurz bevor er auf seinem Hinterteil die Böschung hinunterrutschte. Verlassen stand Jasper an der Schlucht und beobachtete Jonnys Talfahrt. Aus heiterem Himmel erklang dicht hinter ihm das Ritsch-Ratsch, dass er aus unzähligen Filmen als das Durchladen eines Gewehrs erkannte. Kopflos hüpfte Jasper Jonny hinterher. Unkontrolliert flog er wie ein willenloses Stehaufmännchen den Hang hinunter, überschlug sich mehrmals und beendete seine unangenehme Rutschpartie mit einem Bauchklatscher im eiskalten Wasser.

"Wer? Was? Wer ist das?", keuchte Jasper, unfähig einen klaren Satz hervorzubringen, nachdem er aus den Fluten aufgetaucht war.

"Sei still!"

"Aber..."

"Verflucht, halt die Klappe!", schimpfte Jonny. Der dabei war sich aufzurappeln. Besorgt huschte sein Blick die Klippe hinauf. Zwischen den Bäumen stand ein dunkler Schatten, der mit kalten Augen auf sie hinunterschaute. Dann leuchtete ein greller Blitz auf und neben Jonny spritzte das Wasser hoch.

"Verdammt, was...", war alles, was Jasper hervorbrachte, bevor er erneut von dem großen Mann gepackt und unter die überhängenden, freiliegenden Wurzeln gezogen wurde. Gebückt schlichen sie dem Verlauf des Wassers folgend aus der Reichweite des Gewehrs des unheimlichen Schattens. Von oben herab drang der wütende Schrei ihres Verfolgers.

"Ich kriege euch. Du Verräter entkommst mir nicht!", schallte es. Das Geschrei war markerschütternd und ließ die Bäume erzittern. Starr vor Entsetzen verharrten sie auf ihrem Platz und lauschten, bis trockenes Laub, sowie knackende Zweige auf sie hinab rieselten. Nacktes Entsetzen breitete sich in ihren Herzen aus.

Nach einer Weile blieb Jonny unverhofft stehen und Jasper prallte im vollen Lauf gegen ihn. Klatschend landete er erneut auf seinem Hosenboden in dem kalten Wasser.

"Scheiße, was soll das?", fluchte er beim Aufstehen lautstark. Augenblicklich hielt Jonny ihm mit seiner großen Pranke den Mund zu, bedeutete ihm, leise zu sein. Angestrengt lauschte er, ob der Verfolger ihrer Fährte folgte. Dann gab er Jasper zu verstehen, dass sie sich heimlich in die entgegengesetzte Richtung aus dem Staub machen sollten. Nach einigen Hundert Metern stiegen sie aus dem eisigen Wasser und erklommen einen Berghang. Oben angekommen führte Jonny sie tiefer in den Wald, bis sie eines seiner unzähligen Verstecke erreichten.

Es war ein kleiner Unterschlupf, der mit dicken Tannenzweigen verdeckt und hinter großen Findlingen verborgen war. Die Rückseite grenzte an eine massive Bergwand. Jasper schaute sich im Innern verständnislos um. Drehte sich permanent im Kreis.

"Was soll das? Hier sitzen wir in der Falle. Ich bleibe auf keinen Fall hier. Ich muss meine Freundin suchen", echauffierte sich Jasper, bis er sich kraftlos auf den kahlen Boden hockte.

Normalerweise versteckte er seine liebenswerten Charakterzüge gerne hinter derben Späßen, wozu er, unter diesen Umständen, nicht mehr in der Lage war. Jasper war frustriert und fühlte sich in seine Kindheit zurückversetzt.

Zu oft war er damals verletzt und in Stich gelassen worden. Seine Mutter hatte ihn mit drei Jahren in ein Kinderheim gegeben; angeblich, weil sie als alleinerziehende Mutter überfordert war. Sechs Jahre war Jasper von Familie zu Familie gewandert, ohne festen Halt zu finden. Im Alter von neun Jahren hatten die kinderlosen Torbergs den inzwischen schwer erziehbaren Jungen bei sich aufgenommen. In den ersten zwei Jahren fand er endlich sein familiäres Glück, dann wurde Margarethe Torberg schwanger. Die Familie erhielt ein kleines Töchterchen und er eine Playstation. Die Playstation landete frustriert auf dem Müll, genau wie sein Familienglück. In seiner ausreichenden Freizeit widmete er sich dem Sport. Boxen wurde eine seiner großen Leidenschaft. Margarethe und Toben war es nur recht. Sie konnten sich mit viel Liebe auf ihre Tochter konzentrieren.

Jaspers Boxtrainer, Steven Block, sah Talent in diesem schmächtigen und verletzbaren Jungen und förderte ihn. In kürzester Zeit war aus dem hageren Jasper ein stattlicher junger Teenager und Steven zu einem guten Freund geworden. Er entwickelte sich zwar nicht zum Weltklasseboxer, aber Steven baute seine Kondition, die Muskeln und sein Selbstvertrauen auf. Sowie, stärkte er ihn für sein zukünftiges Leben. Gekleidet wie ein Hippie mit Muskeln, nur ohne Joint, lernte er Kimberly kennen. Seit jenen Tagen waren der Sport und seine Freundin die einzigen Drogen.

Niedergeschlagen saß Jasper auf den harten Steinboden, da legte sich eine große, warme Hand auf seine Schulter. Mitfühlend sprach Jonny: "Lass uns ein paar Stunden hier abwarten, dann bringe ich dich zurück zu deinen Freunden."

"Ich kann Kimberly nicht noch eine Nacht bei diesem Irren, wer immer das ist, lassen!", brüllte Jasper.

"Oder sie wird, wer weiß, inzwischen im Wald von wilden Tieren angeknabbert", fügte er kleinlaut hinzu.

"Psst, schrei nicht so rum. Ich bin mir nicht sicher, ob wir unseren Verfolger wahrhaftig abgehängt haben."

"Ich kann nicht bis morgen warten", fuhr Jasper wesentlich leiser fort.

"Was er ihr antun könnte. Sie ist doch ...", dann übermannte es ihn. Tränen der Verzweiflung flossen seine Wange hinunter. Sein Verstand spielte verrückt und er malte sich die schlimmsten Foltern aus, die Kimberly bei diesem Kerl erlebte.

"Wir können heute nichts mehr ausrichten. Es wird bald dunkel."

"Aber ...", unterbrach Jasper seinen Beschützer.

"Hör mir zu", sprach Jonny eindringlich weiter, "willst du mit einer Taschenlampe durch den Wald spazieren und eine gut sichtbare Zielscheibe für diesen Kerl abgeben?" Augenblicklich verstummte Jonny, da er draußen vor dem Unterschlupf leises Getrampel vernahm. Darauf bedacht, ihr Versteck nicht zu verraten, schielte er um einen der Findlinge herum. Erleichtert stieß er die Luft aus. Ein paar Rehe zogen grasend an ihrem Schlupfloch vorbei.

"Im Moment sitzen wir hier fest, warum erzählst du mir nicht mehr über deine Freunde? Vielleicht fällt mir was ein, wie ich helfen kann." Kopfnickend stimmte Jasper zu, obwohl er genau kalkulierte, wie viel er dem Fremden tatsächlich mitteilen sollte. Auch wenn er ihn das Leben gerettet hatte, ein Fünkchen Misstrauen steckte noch tief in Japser.

Jaspers Welt stürzt ein

"Na ja, alles fing mit einem harmlosen Trip an", durchbrach Jasper das Schweigen.

"Wir sind schon seit langer Zeit eine Clique, musst du wissen und verbringen oft unseren Urlaub gemeinsam, genau wie dieses Jahr. Monika, Denny und ich, wir kennen uns seit der Schule. Unser Revier ist in Berlin Spandau. Na ja, wir wohnen dort. Kennst du die Stadt?", fragte Jasper. Denn er empfand Jonnys Blick auf sich ruhen.

"Nein, ich war nie in einem anderen Land. Meine Heimat sind die Wälder, Seen und Flüsse Schwedens."

"Dafür sprichst du aber ein erstaunliches Englisch! Hast du das in der Schule gelernt?"

Jonny huschte ein Grinsen übers Gesicht.

"Eine Freundin hat mir die nötigsten Begriffe beigebracht." Näher wollte Jonny nicht auf dieses Thema eingehen und lenkte Jasper ab: "Erzähl weiter, ich bin gespannt, wie ihr in einer großen Stadt lebt."

"Wir alle schafften den Schulabschluss im gleichen Jahr. Von diesem Zeitpunkt an trennten sich unsere Wege erst einmal. Denny studierte Sport. Monika erzielte eine

Ausbildung zur Erzieherin. Es war ihr Traum, mit kleinen Kindern zu arbeiten. Inzwischen haben sie ihre eigene Wohnung und ihr Leben fest im Griff", schwärmte Jasper.

"Ich wollte eine Karriere als Profiboxer antreten. Steven, mein Trainer hat mir davon abgeraten", seufzte Jasper.

"Nach langer Suche fand ich eine Lehrstelle zum Hotelkaufmann. Dort lernte ich Kimberly kennen. Sie absolvierte eine Lehre zur Köchin und wir besuchten die gleiche Ausbildungsstätte. Wir verstanden uns auf Anhieb. Es war wie eine Seele in zwei Körpern. Es passte wie die Faust aufs Auge. Verstehst du, was ich meine?" Fragend schaute Jasper Jonny an. Der zuckte nur mit den Schultern und deutete ihm per Handzeichen an, weiter zu reden.

"Na ja, auf jeden Fall hatte Kimberly einen selbstlosen Freund, Markus. Er war so etwas wie ihr Beschützer. Ohne eine eingehende Inspektion von ihn, ließ er keinen an seine Freundin heran."

"Du hast gewiss mit Brillanz bestanden?", warf Jonny ein.

"Na ja, du musst dir vorstellen, dass er sich wie ein beschützender Vater aufgespielt hat. Er prüfte mich auf Herz und Niere, ob

74

ich zu seiner Freundin passen würde."
Jasper lächelte kurz und schaute Jonny
verlegen an.

"Na ja, auf jeden Fall ist Markus ein
komischer Kauz. Er stammt aus einer
reichen Familie und benimmt sich
manchmal schon recht eigenartig.
Logischerweise ist seine Freundin Sandra..."
Jasper ließ den Satz unausgesprochen,
vielmehr atmete er einmal tief durch. Doch
dann überlegte er es sich anders.

"Na ja, sie ist erst recht speziell. Diese
Frau schafft es wahrhaftig, hier im Wald mit
hochhackigen Pumps umher zu stolzieren.
Dazu ihre affektierte Art, die alle Grenzen
schlägt."

"Ihre was?" Verdutzt warf Jonny den
Kommentar ein.

"Na ja, sie hat eben ihre eigentümlichen
Gewohnheiten. Ich weiß nicht, wie ich sie
beschreiben soll. Man muss sie erlebt
haben, um das zu verstehen. Wir wissen alle
nicht so genau, was Markus an ihr findet.
Aber die beiden müssen letzten Endes
miteinander klarkommen." Jasper vertiefte
die Beziehung nicht weiter. Für einige
Minuten breitete sich ein angenehmes
Schweigen aus.

"Erzähl mir etwas über dich. Ich rede ständig. Mein Mund ist schon ausgetrocknet und von dir kenne ich bisher nur deinen Namen." Doch Jonny wollte sich nicht darauf einlassen. Er überhörte die Frage gekonnt und lenkte das Thema lieber zurück auf Jaspers Freundin.

"Glaubst du ernsthaft, dass deine Kimberly entführt wurde?"

Augenblicklich schossen Jasper Tränen in die Augen. Er hatte es geschafft, für eine kurze Zeit die Entführung zu vergessen. Ein einziger Satz reichte aus und die Erinnerung überrumpelte den jungen Mann.

"Entschuldige. Das wollte ich nicht." Jonny saß verlegen neben Jasper, dem der Rotz aus der Nase lief.

"Sie fehlt mir und ich darf gar nicht daran denken, was ihr alles zugestoßen sein könnte." Nachdem Jasper sich beruhigt hatte, berichtete er euphorisch von den vergangenen Tagen und ihrer Ankunft in der Olson-Hütte.

"Na ja, unsere Anreise war kein überwältigendes Abenteuer. Wir wollten keine stundenlange Autofahrt und sind deshalb mit dem Flieger nach Stockholm geflogen. Dort mieteten wir uns ein Jeep.

Markus lenkte den Wagen nach ein zwei Stunden auf einen einsamen Parkplatz, von wo aus wir mit den reservierten Kanus eine eineinhalbstündige Fahrt auf uns nahmen. Wir wollten vollkommen frei und zwanglos unseren Urlaub verbringen. Weitab von jeder Zivilisation, weswegen wir nur die Kanus und eine vergilbte Landkarte aus dem Jeep bei uns hatten. Wir rechneten ja nicht damit, dass wir in diesem Land einem Verbrechen zu Opfer fallen würden." Unweigerlich kurvten seine Gedanken zu Kimberly. Doch dann raffte sich Jasper zusammen und erzählte Jonny von Markus peinlichem Fiasko beim Öffnen der Tür von der Blockhütte.

"Na ja, ich kann dir sagen, bei unserem Eintreffen in dieser Hütte gab es das reinste Spektakel. Markus, der sich unser Anführer sein wollte, meinte ernsthaft, dass sich ein Bär in der Hütte versteckt hätte. Er bewaffnete sich mit dem dicksten Holzscheit, den er auf einem Holzstapel fand. Stellte sich mit erhobenem Arm seitwärts neben die Tür und wollte sie mit seiner freien Hand öffnen. Bei diesem Anblick rollten wir anderen uns schon vor Lachen auf dem Boden, nur Kim fand diese Darstellung überhaupt nicht lustig. Das hättest du sehen sollen. Aber warte, das Beste kommt noch." Jasper grinste bei der Erinnerung.

"Markus ist ein breitschultriger Kerl mit einem vierkantigen Gesicht, dessen schulterlange blonde Haare zu einem Pferdeschwanz zusammengebunden sind, dazu wasserblaue Augen, die stets schelmisch blitzen. Eben ein richtiger Macho Typ", grinste Jasper.

Doch Jonny schaute ihn nur verständnislos an, weswegen Jasper weitererzählte.

"Na ja, auf jeden Fall stand er bei der Tür und setzte seine ganze Kraft ein, um sie aufzuziehen. Er zog so fest, dass ihn die Türklinke aus der Hand und die Ecke der Tür gegen seine Stirn flog. Vor Schreck setzte sich Markus mit einem lauten Plumpsen auf den Hintern. Den Lärm, den er erzeugte, war immens. Ringsum, im Wald, sind die Vögel sich laut beschwerend aufgestoben", prustete Jasper los, der dann unter einen Lachanfall herausquetschte: "Das Hörnchen auf seiner Stirn müsstest du sehen. Es besteht aus allen Regenbogenfarben und ist zu einem regelrechten Horn herangewachsen. Markus, unser Regenbogen-Einhorn.", wieherte Jasper. Er hielt sich den Bauch vor Lachen und brauchte einige Zeit, um sich zu beruhigen.

Jonny, der sich die Situation bildlich vorstellte, konnte sich ein Grinsen nicht verkneifen, war aber vor allem froh, dass Jasper abgelenkt war. Er holte ein paar Mal tief Luft, ehe er weitersprach: "Monika, Dennys Freundin, war völlig überwältigt von der Umgebung. Womit von uns keiner gerechnet hatte. Wir sind Stadtkinder. So viel Natur war uns fremd", überlegte Jasper laut.

"Na ja, auf jeden Fall war Kimberly überhaupt nicht begeistert. Unentwegt schaute sie auf ihr Handy und fluchte leise vor sich hin, dass sie keinen Empfang in dieser Wildnis bekäme. Heute glaube ich, dass sie eine Vorahnung hatte und deswegen sich gegen alles sträubte." Enttäuscht hielt Jasper inne. Jonny, der seinen Mitbestreiter am Reden halten wollte, forderte ihn auf, weiter zu erzählen. So berichtete Jasper von Monikas überschwänglichen Enthusiasmus, nachdem sie die Kanus festgezurrt hatten.

"Schaut euch hier nur mal um. Ist das nicht idyllisch! Allein die Anreise mit dem Kanu war umwerfend. Die riesigen Bäume, die weit über das Wasser wachsen und dann erst die Gesänge der verschiedenen Vogelarten. Dieser harmonische Klang zwischen den Dompfaffen, Drosseln, Rotkehlchen und Buchfinken." Euphorisch seufzend hatte Monika sich schwungvoll im Kreis gedreht. Augenblicklich war sie verliebt, in dieses Fleckchen Erde. Ebenso wie Denny, der wie ein Honigkuchenpferd grinste, nachdem er feststellte, dass es seiner Freundin in diesem einsamen Landstrich gefiel und er noch verwunderte war, dass sie die Gesänge der Vögel unterscheiden konnte.

Markus, der die Szene zwischen den Turteltauben, Monika und Denny, beobachtete, erinnerte sich genau daran, wie er ihnen den Vorschlag, in dieser Einöde den Urlaub zu verbringen, unterbreitet hatte. Was hatten sie gemeutert und geklagt.

"Tagelang ohne Smartphone, ohne Auto und Bars, nur mit dem Kanu in der Ferne eines fremden, großen Landes festsitzen." So und ähnlich hatten sie argumentiert. Seitens der Frauen war die Ablehnung am größten gewesen. Er verstand nicht, warum seine Begeisterung nicht auf die anderen überschwappte. Die Wochen verstrichen, jeder vermied das Thema, bis Markus es erneut anschnitt. Da er alle Reservierungen abgeschlossen hatte. Nachdem er sie vor vollendete Tatsachen stellte, waren sie einverstanden. Gemeinsam recherchierten sie im Internet. Überlegten sich Ausflüge, die sie unternehmen wollten und sogen jede Information über die Flora und Fauna dieses Landes auf. Nur Kim konnte das mulmige Gefühl bis zum Schluss nicht abschütteln. Letztendlich unterwarf sie sich aber der Mehrheit und stimmte zu.

Alle waren begeistert, nachdem sie das Kanu verlassen und die ersten Eindrücke gesammelt hatten. Nur Kimberly meinte, dass sie ein eigenartiges Gefühl bei der Sache habe, dass sie nicht zuordnen oder in Worte fassen konnte. Sie nannte es die "weibliche Intuition", und der vertraute Jaspers Freundin blind.

"Vier lange Wochen soll ich es hier aushalten? Diese Einsamkeit macht mich jetzt schon verrückt." Verwundert schaute Monika ihre Freundin an.

"Und ich dachte, ich wäre diejenige, die ohne Zivilisation nicht existieren könnte. Versuch, es positiv zu sehen." Überschwänglich hatte Monika ihre Arme ausgebreitet und sich erneut auf diesem grünen Fleckchen Erde gedreht.

"Was soll hier bitte positiv sein?", motzte Kim daraufhin.

"Wir können zum Beispiel nicht von einem Auto überfahren oder ausgeraubt werden", scherzte Monika.

"Ha ha. Na ja, vielleicht hast du recht und es wird ein unvergesslicher Urlaub", obwohl Kimberlys Stimme nur so vor Sarkasmus triefte.

"Komm, lass uns erst einmal reingehen und uns das Prachthäuschen von innen anschauen." Monika zog ihre Freundin hinter sich her.

"Wow! Das ist ja ein Tanzsaal." Monika war überwältigt vom Anblick der geräumigen eingerichteten Waldhütte.

"Schau dir das an! Was für ein Koloss eines Kamines. Und erst die Einrichtung: rustikal und doch gemütlich. Ich komme mir vor, wie in einem dieser Heimatfilme, die meine Oma früher immer geschaut hat", war es begeistert aus Monika herausgesprudelt. Jasper, der auf Kimberlys Reaktion gespannt war, empfing seine heiße Flamme mit einer kalten Büchse Bier. Doch sie zog nur einen Schmollmund und schaute missgelaunt drein.

"Lasst uns auf die schönste Zeit unseres Lebens anstoßen. Ausbildung fertig, Freundin im Schlepptau ...", meinte Jasper, woraufhin er sich postwendend einen Knuff in die Seite einfing. Mit einem Grinsen im Gesicht dann fortfuhr, "... und Urlaub in der Wildnis mit den besten Freunden der Welt. Was wollen wir mehr? Prost, Leute!" Sechs Bierdosen knallten aneinander, dass es nur so aufschäumte. Kurze Zeit später erkundeten sie das zweistöckige Holzhaus.

Ein Schlafraum, ein Bad, die Küche und ein Abstellraum mit Durchgang zu einem angrenzenden Holzschuppen befanden sich im Erdgeschoss. Drei Schlafzimmer, sowie ein zweites Bad waren im oberen Stockwerk.

"Der Architekt dieses Häuschens hat sein ganzes Können bewiesen", befand Markus.

"Wir nehmen das erste Schlafzimmer auf der linken Seite." Denny schaute seinen Engel ohne Flügel verheißungsvoll an, was Monika verwunderte. Normalerweise war er eher der zurückhaltende Mensch. Die Entscheidungen überließ er gerne ihr. Mit seiner Nickelbrille und den Stoppelhaaren sah er genau wie der biedere Student aus, der er war; der vernünftigste unter den sechs jungen Leuten. Denny überlegte, bevor er handelte, wog jedes Mal die Vor- und Nachteile ab. Spontane Reaktionen, wie diese eben, war Monika von ihrem Freund nicht gewohnt. Normalerweise war sie der Antrieb in der Beziehung. Sie war das Energiebündel und spornte regelmäßig ihren eher langweiligen Freund zu ungeahntem Tatendrang an. Diese Energie spiegelte sich in ihrer ganzen Erscheinung wider: Kurze braune Haare, ein kräftiger Oberkörper und stämmige, muskulöse Beine waren ihr Markenzeichen. Wo immer Not am "Mann" war, sprang Monika ein. Denny, eher schmächtig gebaut, schleppte einen einzelnen Koffer über die Holztreppe nach oben. Seine Freundin Monika schaffte es nahezu mühelos, ihr gesamtes Gepäck, vollgepackt mit Klamotten und Kosmetikutensilien, gleichzeitig nach oben zu tragen.

Markus schaute den beiden belustigt hinterher, bevor er das Zimmer im Untergeschoss in Beschlag nahm. Sandra trottete ihm auf hochhackigen Schuhen hinterher.

Einsam und allein stand das letzte Pärchen im Wohnraum. Sie schauten sich verwundert um.

"Jetzt ist es wohl an uns, ein geeignetes Schlafgemach für die Lady zu finden", witzelte Jasper. Was Kim nur mit einem genervten Blick kommentierte.

Kimberly hatte früh gelernt, sich durchzusetzen; unter drei älteren Brüdern musste sie sich bei Rangeleien immer beweisen. Ihr Sternbild Zwilling spiegelt sich nicht nur in der silbernen Kette um ihren Hals wider, sondern durchdrang ihr Wesen durch und durch. Sie konnte dein schlimmster Feind oder dein bester Freund sein. Sie war charmant und liebevoll und im nächsten Moment wurde sie zur Furie. Jasper hatte ihren Charakter in manchen Situationen kennengelernt, doch er akzeptierte Kimberly mit allen positiven und negativen Seiten. Mittlerweile war er sogar stolz auf seine aufsässige Freundin. Mit ihren knapp einem Meter dreiundsechzig hatte sie in ihrem jungen Leben schon oft für sich selbst einstehen müssen. Ihre feuerrote Haarpracht hatte ihr das Leben nicht einfacher gemacht, genauso wenig wie der üppige Busen. Trotz alledem verlor sie nie ihre positive Einstellung. Bis zu jenem verheißungsvollen Tag ihrer Ankunft in der Hütte. Missmutig schaute sie Jasper an: "Hier stimmt irgendetwas nicht. Ich spüre es. Ich will hier nicht bleiben. Können wir uns nicht woanders nach einer Unterkunft umsehen?"

Jasper, der seine Freundin so hasenfüßig gar nicht kannte, schaute ihr tief in die Augen.

"Es sind doch nur für ein paar Wochen. Du wirst sehen, die Zeit wird wie im Fluge vergehen."

Sie schaffte es nicht, allein mit ihrer düsteren Vorahnung die Freunde umzustimmen und so gab sie schlussendlich geschlagen; ohne zu ahnen, dass sie das noch bitter bereuen sollte.

"Aber die ganze Zeit erzähle ich nur von uns sechs. Wie sieht es mit dir aus? Wer bist du und wie hat es dich hier in die Wälder verschlagen?" Doch wie zuvor wich Jonny Jaspers Fragen aus.

"Wir haben noch ein wenig Zeit, erzähl mir, wie der Morgen der Entführung verlaufen ist und wieso ich dich am Baum hängend fand."

Mit einem Schlag war Jaspers exzellente Laune verschwunden. Grübelnd schaute er auf den Boden und scharrte nachdenklich mit dem Fuß. Bis er sich durchringen konnte und zuerst stotternd berichtete.

"Na ja, wir hatten den Abend ausgiebig am Lagerfeuer gefeiert und nachdem ich aus meinem tiefen Schlaf aufwachte, lag ich allein im Bett. Was schon völlig unnormal ist. Denn Kim kann es nicht ausstehen, wenn ich länger liegen bleibe. Regelmäßig wirft sie mich aus den Federn, sobald sie wach ist. In dem Punkt ist sie gnadenlos. Aber egal. Als ich merkte, dass Kim nicht da war, rannte ich Hals über Kopf die Treppe runter. Die anderen schauten mich nur verwundert an. Doch bevor ich etwas fragen konnte, wollte Denny wissen, ob ich ein paar Eier zum Frühstück will. Ich glaube, ich habe ihn noch nie so verwirrt angestarrt, wie in diesem Moment. Wenigstens merkte er, dass irgendetwas nicht stimmte, und wollte wissen, was los wäre." Jasper brach die Stimme und er konnte nichts mehr sagen.

Der erste Morgen in Schweden

An jenem Morgen schauten die vier Freunde völlig ratlos zu Jasper hoch. Der stand wie versteinert auf der Treppe und schaute seine Freunde hilfesuchend an.

"Habt ihr Kimberly gesehen?", brach es wie einem Donnerschlag gleich aus ihm heraus. Verwundert richteten sich erneut vier Augenpaare auf ihn.

"Ist sie nicht oben? Ich habe sie heute noch nicht gesehen", überlegte Monika laut, wobei die anderen ihr mit einem Kopfnicken zustimmten. Wie von einer Rakete angetrieben, sprintete Jasper die letzten Stufen hinunter und laut fluchend zur Tür hinaus. Empfangen von der aufgehenden Sonne rief er lauthals nach seiner Freundin. Bis auf die aufflatternden Drosseln rührte sich nichts und Kimberly blieb spurlos verschwunden. Niedergeschlagen kehrte er in die Hütte zurück.

Es wollte ihm nicht in den Kopf, wo Kim so sang- und klanglos geblieben war. Seine Freunde links liegenlassend, stürmte er die Treppe hinauf und in ihr Zimmer. Intensiv schaute er sich suchend nach irgendeinem brauchbaren Hinweis um. Ihre Klamotten lagen genauso verstreut auf dem Boden, wie sie sie vergangene Nacht hingeworfen hatte. Hektisch riss er das Bettzeug hinunter, zog Schubladen aus der Kommode und durchwühlte den Schrank. Doch nirgends fand er einen Anhaltspunkt, wohin Kimberly verschwunden sein mochte. Entmutigt stampfte er erneut die Treppe hinab.

"Habt ihr wirklich keine Ahnung, wo sie hin sein kann. Hat sie niemanden gegenüber, eine Andeutung gemacht? Irgendetwas, was ihr gestern nur nicht beachtet habt?"

"Hat sie denn ihre Handtasche mitgenommen?" Alle Augen wandten sich Sandra zu.

"Ja klar, sie wandert in High Heels und mit der Handtasche über dem Arm durch die Wälder. Sie ist nicht wie du!", spie Jasper frustriert hervor.

"Stopp, lass uns nicht ungerecht werden", meldete sich Markus zu Wort.

"Ach, du Scheiße." Jasper rannte erneut die Treppe hinauf, dicht gefolgt von seinen verunsicherten Freunden.

"Was ist los?", japste Denny, der Jasper auf den Fersen folgte, wobei er die beleidigten Gesichtsausdrücke von Markus und Sandra ignorierte.

Jasper blieb auf der Türschwelle so unverhofft stehen, dass Denny im vollen Lauf ihn anrempelte.

"Pass doch auf", maulte Jasper, der sich nur mit Mühe am Türgriff festhalten konnte, bevor er kopfüber ins Zimmer flog.

"Verflucht! Das ist mir gar nicht aufgefallen. Wieso habe ich Idiot das nur übersehen? Verdammter Mist! Das darf doch nicht wahr sein. Nicht Kimberly!" Schwer plumpste Jasper aufs Bett. Inzwischen quetschten sich seine Freunde im Türrahmen, um nichts zu verpassen.

"Was? Was ist los?", riefen sie durcheinander, ungehalten angesichts Jaspers stummen Kopfschüttelns. Doch was er kurz darauf verkündete, war völlig unverständlich für jeden von ihnen.

Seinen Kopf in die Hände gestützt, saß Jasper eingeknickt auf dem Bett und nuschelte: "Sie hat nichts an."

Betretenes Schweigen, bis es aus Sandra herausplatzte: "Wie meinst du das? Sie hat nichts an? Sie ist nackt?!"

Aufbrausend sprang Jasper vom Bett auf und deutete mit hilflosen Gebärden schweigend um sich.

"Da liegen ihre Klamotten von gestern und aus ihrem Schrank fehlt nichts."

"Bist du sicher?", hakte Markus nach.

"Ja, verdammt noch mal, natürlich bin ich sicher", fuhr Jasper Markus an.

"Verdammt, wir hatten unsere Koffer zusammengepackt. Sie gab mir Anweisung, was ich rausholen sollte. Du kannst dir sicher sein, ich weiß genau, welche Kleider sie dabei hat." Beschwichtigend hob Markus die Hände und verkniff sich aufbrausende Widerworte.

"Ist ja gut, Kumpel, wir werden sie suchen." Denny beschwichtigte die aufgeheizte Stimmung, und zehn Paar Füße stampften die Treppe hinunter. Denny fischte sich im Rauslaufen eine Decke und ein Fernglas, das an der Wand neben der Eingangstür hing. Ziel- und planlos standen sie im grellen Sonnenlicht und schauten sich um.

Markus folgte einer Eingebung und ohne ein Wort zu sagen, rannte er zur Anlegestelle. Dort überprüfte er ohne nennenswerten Erfolg die Kanus. Entmutigt gesellte er sich kopfschüttelnd wieder zu den anderen, als Sandra das hörbare Schweigen brach. Sie traf die Entscheidung und alle fügten sich ihrer Order.

"Das Beste wäre, wenn Markus und ich die Seite hinter der Hütte absuchen und ihr den Wald vor uns."

"Wenn sie verletzt ist und ..." Jasper versagte erneut die Stimme. Er konnte und wollte keine Sekunde darüber nachdenken. Halb verrückt vor Sorge, stürmte er, ohne auf seine Freunde zu achten, in Richtung Waldrand davon.

"Okay, wir machen es so, wie Sandra gesagt hat und ihr folgt besser Jasper. Nicht, dass er noch Dummheiten anstellt. Spätestens in drei Stunden treffen wir uns wieder hier. Bis dahin müssten wir sie doch gefunden haben." Markus übernahm das Kommando.

Monika und Denny nickten stumm, ehe sie Jasper folgten, der schon zwischen den Bäumen verschwunden war.

Markus setzte sich angefressen in die entgegengesetzte Richtung in Bewegung. Genau wie Jasper litt er unter dem spurlosen Verschwinden von Kimberly. Sie waren seit Urzeiten befreundet und sie konnte sich auf ihn verlassen. Stets war er für sie da, um sie zu beschützen. In Gedanken versunken, überhörte er die Rufe seiner Freundin Sandra. Erst als sie mit scharfer Stimme rief, schrak er aus den Hirngespinsten hoch.

"Wohin gehst du?"

"Ich, ähm …"

"Lass uns ein Kanu nehmen. Damit kommen wir schneller voran und können das Ufer absuchen. Falls sie einen Unfall beim Baden hatte. Los, beweg deinen knorrigen Hintern!" Der Befehlston seiner Freundin weckte in Markus die Lebensgeister und mit frischer Zuversicht ruderten sie den Fluss entlang.

Monika und Denny hatten Mühe, Jasper einzuholen. Seine Antworten auf ihre Rufe prallten von den Bäumen ab, wurde verzerrt und wehte mit einer leichten Brise davon.

"Es hat keinen Zweck, Jasper hinterherzurennen. Sein Vorsprung ist schon zu groß, wir können ihn nicht mehr einholen. Vor allem würde es keinem nützen. So wie ich Jasper kenne, wird er wie ein blinder Stier in den Wald gerannt sein. Wenn Kim aber verletzt sein sollte, werden wir sie übersehen. Es ist besser, wir folgen ihm mit bedacht und passen auf, ob wir eine Spur von ihr entdecken. Somit haben wir eine bessere Chance, die beiden zu finden."

"Kannst du dir vorstellen, warum sie weggelaufen ist, und dazu nackt? Sollte

Jasper irgendeine Dummheit gemacht haben, die sie ihm nicht verzeihen kann?" Denny konnte sich keinen Reim auf das Ganze machen.

"Was soll der Quatsch? Glaubst du ernsthaft, Kim ist aus freien Stücken auf und davon? Nein, dafür kenne ich sie zu gut. Und Jasper könnte und würde sie nie dermaßen verletzen, dass sie Hals über Kopf davonrennt. Ich verstehe es nicht!" Monika war den Tränen nahe.

"Du musst aber bedenken, dass es ihr hier in Schweden überhaupt nicht gefallen hat. Sie wäre doch am liebsten sofort zurück nach Deutschland gereist. Nur Jasper zuliebe ist sie hiergeblieben", brachte Denny seine Gedanken laut hervor. Monika schenkte ihm kaum Gehör, sondern blieb mit gerecktem Kopf und erhobenem Zeigefinger stehen.

"Hörst du das?" Aus der Ferne hörten sie Jaspers Rufe nach seiner Freundin, die immer verzweifelter klangen.

"Er dreht völlig am Rad. Jasper würde Kim nie so verletzen, dass sie Hals über Kopf und nackt in dieser Einöde umherrennt. Ich habe keine Ahnung, was letzte Nacht vorgefallen ist, aber wir haben es buchstäblich verpennt."

"Du meinst, dass Kimberly etwas passiert ist? Aber wir waren doch ebenfalls in der Hütte und sollen von allem nichts mitbekommen haben?" Fragwürdig starrte Denny seine Freundin an.

"Hallooo, jemand zu Hause?" Monika klopfte ihrem Freund mit dem Finger an die Stirn.

"Noch einmal zum Mitschreiben. Auch wenn sie nicht begeistert von diesem Fleckchen Erde war, hätte sie sich doch niemals in einer heimlichen Nacht- und Nebelaktion aus dem Staub gemacht. Zumindest hätte sie mir, ihrer besten Freundin, einen Hinweis gegeben. Irgendetwas ist letzte Nacht geschehen, wovon wir alle nichts mitbekommen haben."

"Kann es nicht sein, dass die beiden sich zerstritten haben und Kimberly wütend hinaus in die Dunkelheit rannte, sich verirrte und ..."

"Nein, dafür würde ich meine Hand ins Feuer legen, oder hast du einen lautstarken Streit letzte Nacht gehört? Kimberly ist niemals davongelaufen, denn Jasper könnte sie nie derartig verletzten, dass sie kopflos - und vor allem nackt - fortläuft. Das ist etwas, was mir überhaupt nicht in den Kopf will. Warum splitternackt?"

"Ja, das verstehe ich auch nicht. Wieso hat sie sich nicht angezogen?", grübelte Denny wispernd vor sich hin, als seine Freundin ihm die Hand auf den Mund legte. Erschrocken schaute er auf, doch Monika zog ihn schon nach unten.

"Was ist los?", flüsterte er in ihre Hand. Beklommen schaute sie sich um.

"Hast du das nicht gehört? Das Geräusch und Jaspers Schreie? Nicht weit vor uns."

"Dann komm, gehen wir zu ihm", meinte Denny im Aufstehen. Monika verdrehte genervt die Augen.

"Quatschkopf, irgendetwas stimmt hier nicht. Sein Geschrei hörte sich bizarr an."

"Dann müssen wir erst recht zu ihm. Wenn er sich verletzte und Hilfe braucht, können wir ihn nicht einfach liegen lassen." Doch jeder Versuch, aufzustehen, verhinderte Monika. Das durchdringende Geräusch, gefolgt von Hilfeschreien versetzte sie in Angst und Schrecken. Panisch suchte sie ihre Umgebung ab, entdeckte aber nur knorrige Äste und undurchdringliches Gestrüpp.

"Komm, wir müssen Jasper finden!", versuchte Denny es erneut.

Monika, mit flatterndem Herzen, wäre lieber umgekehrt, um sich in der Hütte zu verkriechen.

"Mit diesem Wald stimmt was nicht. Ich habe ein ungutes Gefühl. Wir sollten nicht weitergehen."

Doch Denny wollte seinen Freund nicht im Stich lassen, und allein traute sich Monika nicht zurück. Es blieb ihr nichts übrig, als Denny zu folgen und dabei den Wald misstrauisch im Auge zu behalten.

Mit flatterndem Herzen liefen sie Hand in Hand Jaspers Stimme hinterher, bis diese urplötzlich abbrach. Beklommen schauten sie sich in alle Richtungen um. Dann zog Denny seine Freundin wagemutig weiter.

Sie erreichten eine kleine Lichtung, doch von Jasper fehlte jede Spur. In der Luft tänzelte nur ein abgeschnittenes Seil, das von einem Ast herunterhing. Aus heiterem Himmel schrie Monika auf: "Was ist das denn?" Ein Schauer schüttelte ihren Körper und mit zitterndem Finger zeigte sie auf den am nächsten stehenden Baum.

"Das sind Kratzspuren und wie es aussieht, sind sie frisch." Fasziniert stiefelte Denny auf den Baum zu, doch Monika riss ihn abrupt zurück. Keine Sekunde zu spät. Ein langer Schatten schwebte wie ein

Damoklesschwert über ihnen und verfehlte Dennys Kopf um Haaresbreite. Der dicke Ast, zurecht geschnitzt zu einer gefährlichen Waffe, schaukelte mit seinem spitzen Ende über ihren Köpfen. Um Haaresbreite hätte er Denny aufgespießt, wie ein Ferkel auf dem Grill.

"Scheiße, was war das denn?", fluchte er lautstark.

"Sei leise, bitte", flehte Monika.

"Ich sag dir ja, hier stimmt so einiges nicht. Diese Wälder sind verhext. Oh Gott, ich will nach Hause. Ich ...", jammerte sie weiter.

"Psst, Monika, beruhig dich. Es ist nichts passiert. Du hast mich gerettet." Denny nahm seine Freundin in die Arme und drückte ihr einen dicken Kuss auf die Wange. Nachdem Monika aufgehört hatte zu zittern, war seine Faszination von der Falle, in die er um ein Haar getappt wäre, geweckt. Gespannt untersuchte Denny die Vorrichtung, wobei er laut vor sich hin murmelt: "Unter dem Geäst, ausgezeichnet versteckt, war das Seil gespannt, an dem ich hängen geblieben war und das führt zum Baum, an dem der tödliche Baumstumpf hing. Hier sind frische Spuren und dort war das Seil festgebunden." Ruhelos lief Denny zwischen den Bäumen hin und her. Betrachtete die raffinierte Anordnung des Zugseils, versteckt zwischen dem Laub des Baumes und den Auslöser. Gewachsen an den neuen Umständen, erlebte Denny ein gewaltiges Kribbeln im Bauch. Seine Erregung, einem großen Geheimnis auf der Spur zu sein, wuchs. Monika, die ihren Freund bei seiner Untersuchung misstrauisch beobachtete, konnte nicht länger still zusehen.

"Lass uns gehen. Bitte." Monika schaute sich immer wieder besorgt um. Denny, dem die Nervosität seiner Freundin nicht auffiel, meinte sorglos: "Ich will mir nur die Krallenspuren ansehen. Dann gehen wir zurück zur Hütte. Wir warten auf die anderen und werden eine koordinierte Suchaktion starten. Hoffentlich finden wir eine neuere Landkarte in der alten Hütte. Das würde uns immens helfen. Wir könnten die Gebiete in Sektionen unterteilen und so jeden Meter dieses Waldes umkrempeln." Denny, voller Tatendrang, wollte nicht so schnell aufgeben, obwohl er sah, wie hundsmiserabel es Monika dabei erging.

"Nein!", erklang ein scharfer Ruf hinter Denny und ließ ihn augenblicklich im Schritt innehalten.

"Ich will sofort nach Hause!" Schluchzend stand Monika da. Ihr gesamter Körper zitterte. In diesem Moment fiel es ihrem Freund wie Schuppen von den Augen. Seine Freundin litt Höllenqualen und war verzweifelt.

Schnell zückte er sein Handy, zoomte den Baum mit den Kratzspuren näher heran und schoss ein paar Fotos. Dann machte er eine halbe Drehung und ein abschließendes Foto von dem zu dick geratenen Speer. Schweigend absolvierten sie den Weg zurück zur Hütte, wo sie von Markus und Sandra empfangen wurden. Haarklein berichteten sie von ihrem Erlebnis und als Denny mit den Fotos aufwartete, hatten sie Jasper und Kimberly für einen Augenblick vollkommen vergessen.

Der Nachmittag neigte sich dem Abend und weder Kim noch Jasper waren aufgetaucht. Die vier Freunde wurden nervös, und selbst Dennys Kampfgeist erlosch langsam wieder. Sie verwünschten dieses Fleckchen Erde und ihre Idee, in der einsamen Gegend Urlaub zu machen. Offen sehnten sie sich jetzt nach ihrem normalen Leben in der Großstadt zurück. Dort kannten sie sich aus, dort waren sie zu Hause.

Anfeindungen

"Lass uns aufbrechen, bevor die Dunkelheit das letzte Licht verschluckt." Jonny stand am Ausgang und hielt Ausschau nach seinem Widersacher. Jasper, der mit umschlungenen Beinen dasaß, wippte geistesabwesend vor und zurück. Unfähig sich zu rühren, überlegte er, wo seine Freundin geblieben war. Hatte sie überhaupt eine Vorstellung, wie er sich um sie sorgte!

Überfordert saß Jonny, der seit Urzeiten nur für sich und seinem Hund verantwortlich war, vor dem jungen Mann. Jedes freundliche Zureden stieß bei Jasper auf taube Ohren.

Es war ihm verhasst, doch Jonny wusste sich keinen anderen Rat. Er verpasste Jasper kurzerhand eine schallende Ohrfeige, wodurch der junge Mann endlich aus seiner Lethargie erwachte.

"Aua, das hat wehgetan." Wie ein trotziges Kind rieb er sich die Wange.

"Entschuldige ... Komm jetzt!" Die Rechtfertigung kam unbeholfen und ein wenig hölzern. Jasper, dem die Situation genauso peinlich war, raffte sich endlich auf, und sie trotteten los. Kurz bevor der letzte Sonnenstrahl hinter den Baumkronen verschwand, erreichten sie die Olson-Hütte, wo seine Freunde schon ungeduldig vor der Tür auf ihn warteten.

"Da kommt er!", rief Denny.

"Aber wer ist da bei ihm?", meinte Monika misstrauisch.

"Kimberly ist es auf jeden Fall nicht", meldete sich Sandra oberschlau zu Wort. Markus war der Einzige, der keinen Kommentar vom Stapel ließ.

Es war für Jasper eine Wohltat, seine Freunde wiederzusehen. Voller Euphorie faltete er die Hände zum Trichter, um ihnen zuzurufen. Jonny konnte den Tumult nur knapp durch einen schmerzhaften Knuff in Jaspers Seite stoppen.

"Was?", entfuhr es dem jungen Mann aufsässig.

"Hast du vergessen, dass wir gejagt werden?", erwiderte Jonny eindringlich.

Unzufrieden über die eigene Dummheit schüttelte Jasper verlegen den Kopf. Kaum hatten die zwei Haudegen die versammelte Mannschaft vor der Hütte erreicht, da forderte Jonny sie barsch auf, reinzugehen.

"Was soll das? Wer ist der Penner? Du suchst Kim und kommst mit dem daher gelaufen? Ist das deine neue Freundin?", warf Markus beleidigend ein.

"Vertraut ihm, und geht bitte rein. Ich erzähl euch drinnen, was passiert ist." Jasper hob die Hand gegen weitere Einwürfe von Markus Seite und marschierte geradewegs an ihnen vorbei ins Haus. Er wollte sich auf keinen Fall in eine sinnlose Diskussion verstricken lassen. Vor allem, da es erst ein paar Stunden her war, dass ein Heckenschütze Jagd auf ihn gemacht hatte.

Kaum hatte Jonny die Tür von innen verschlossen und alle Vorhänge zugezogen, purzelten die ersten Vorwürfe auf Jasper ein.

"Wieso bist du ohne uns aufgebrochen? Wir hätten eine koordiniertere Suche starten können, wenn du sturer Hund uns bei deinen Überlegungen miteinbezogen hättest." Monika, die ihre langjährige Freundin aus tiefstem Herzen vermisste, regte sich furchtbar über Jaspers Alleingang auf und ließ ihrem Ärger freien Lauf. Ihn ließen die Vorwürfe kalt. Das Entsetzen des Tages saß tief in seinen Gliedern, weswegen Monikas Worte an ihm abprallten, wie ein Ball an einer Wand.

Unterdessen lehnte Jonny schweigend an der Tür und schaute der aufgebrachten Meute zu. Er hatte nicht vor, sich einzumischen. Das waren eindeutig zu viele plappernde Kids für ihn und er hatte schon Probleme gehabt, mit Jasper allein zurechtzukommen. Er überließ es dem Jungen, seine Freunde zu beruhigen. Jonny beobachtete in der Zwischenzeit, durch einen kleinen Spalt der Vorhänge, die Umgebung.

Nachdem es Jasper gelungen war, seine Freunde an dem rustikalen Holztisch zu versammeln, berichtete er haarklein seine Erlebnisse. Er erzählte ihnen von Jonny und dessen toten Freunden, von der gemeinsamen Flucht durch den Fluss und dem Mörder, der sein Unwesen da draußen trieb. Er spekulierte sogar, dass der Killer Kim entführt hatte. Nur warum, das wollte ihn nicht einleuchten.

Mit offenen Mündern saßen die Frauen da und starrten abwechselnd von Jonny zu Jasper und wieder zurück. Denny schüttelte ungläubig den Kopf, verhielt sich aber stumm wie ein Fisch. Markus dagegen ergriff das Wort.

"Was soll das? Ausgerechnet wenn wir hier sind, soll ein Serienmörder sich in den

Wäldern umhertreiben? Dass ich nicht lache. Wenn ihr Mal überlegen würdet, seit wann entführt ein Mörder unschuldige Touristen? Womöglich ist es dieser Kerl ...", verächtlich wies Markus auf Jonny, "... der Kimberly entführt hat und jetzt will er..." Jasper sprang empört auf und ergriff für Jonny Partei.

"Könntest du, bevor du den Mund aufmachst, ausnahmsweise einmal deine grauen Gehirnzellen einschalten! Dieser Mann hat mir das Leben gerettet." Jasper betonte jedes einzelne Wort und stellte sich Markus angriffslustig gegenüber. Der hob beschwichtigend die Arme und setzte sich kleinbeigebend wieder auf seinen Stuhl.

"Das wäre dann geklärt und jetzt hört ihm bitte zu, damit wir nicht wie blutige Anfänger in die nächste Falle tappen. Wir könnten Kimberly für immer verlieren!' Bei diesen Worten fiel Denny sein eigenes Erlebnis ein. Er öffnete den Mund, doch kein Ton kam heraus. Sein Abenteuer war ein Klacks gegen Jaspers Erfahrungen. Weswegen er seinen Mund wieder schloss und den weiteren Ausführungen zuhörte.

Jonny wurde deutlich nervös. Er war es nicht gewohnt, vor anderen Menschen zu sprechen, und legte sich seine Worte zurecht, weswegen sich in der Hütte ein ungemütliches Schweigen ausbreitete.

Mit gehemmter Stimme erklärte Jonny dann seinen Plan, den er unterwegs gefasst hatte. Für ihn stand fest, dass er Jasper helfen würde, Kimberly zu finden. Der Mörder war so oder so hinter ihm her. Obwohl er bezweifelte, dass der Entführer und der Killer die gleiche Person waren. Für ihn stand aber außer Frage, es durften nicht noch mehr Verbrechen in diesem, seinem Wald passieren.

Jasper hielt es nicht auf dem Stuhl aus und er durchstöberte in der Zwischenzeit die Anrichte. Mit einem Block und Kugelschreiber bewaffnet, kam er zurück an den Tisch. Jonny ergriff die Utensilien und zeichnete geschickt eine Skizze der Umgebung mit den Bergen im Hintergrund. Anhand der Zeichnung konnten sie einen Schlachtplan für den nächsten Tag entwickeln.

"Morgen werden wir unsere Suche gezielt fortsetzen. Heute Nacht verbarrikadieren wir uns erst einmal hier drin und halten abwechselnd Wache. Ich übernehme den ersten Wachdienst, dann bist du dran", wobei er auf Denny zeigte.

"Und dann du", sein Finger verharrte bei Markus, dem die Abneigung ins Gesicht geschrieben stand.

"Jasper wird die letzte Wache übernehmen." Zustimmung erwartend schaute Jonny in die Runde. Alle nickten, nur Markus starrte weiter miesepetrig drein. Seine Aversion gegen diesen Hünen rausposaunend, wendete er sich direkt an Jonny.

"Wer bist du, dass du uns hier rumkommandierst?!" Markus Augen blitzten wütend auf.

"Wir wissen nicht, wer der Kerl ist. Geschweige denn, was er plant, ob er Waffen bei sich trägt oder seine Freunde im Gebüsch warten. Scheiße, wir wissen nicht einmal den Nachnamen des Kerls. Du könntest ebenso ein Kumpel von diesem Irren sein. Oder der Irre selbst. Du schleichst dich bei uns ein und ehe wir es bemerken, schneidest du uns die Kehle durch. Woher sollen wir das wissen? Nur weil du Jasper aus der Falle gerettet hast, bedeutet es noch lange nicht, dass wir dir bedingungslos vertrauen sollten." Markus schaute jeden seiner Mitstreiter an. Bevor die Lage aber eskalieren konnte, appellierte Denny, der ruhigste und rationalste der

Freunde, an die Vernunft der kleinen Gemeinschaft.

Denny, dem der Tag mehr Selbstvertrauen geschenkt hatte als sein ganzes bisheriges Leben, sprach ein Machtwort: "Lasst uns schlafen gehen. Morgen wird ein anstrengender Tag, wir müssen alles daransetzen, Kimberly zu finden."

Mürrisch erhoben sich Markus und Sandra, die ohne ein weiteres Wort in ihr Zimmer verschwanden. Denny und Monika schauten einander kurz an und verließen ebenfalls den Wohnbereich. Jasper, der nichts weiter zu sagen hatte, verabschiedete sich mit einem Kopfnicken und schlich bedrückt die Treppe hinauf.

Am nächsten Morgen erschien einer nach dem anderen müde und lustlos im Wohnraum. Angespannt diskutierten die fünf am Frühstückstisch ihren Schlachtplan. Keiner von den Freunden kam auf die Idee, die Polizei zu verständigen. Zu sehr waren sie im eifrigen Gefecht und mit ihren hitzköpfigen Gedanken beflügelt, Kim ohne fremde Hilfe wieder zu finden. Die Diskussion schien endlos zu dauern und Jonny brannte die Zeit unter den Nägeln. Er kannte sich zwar im Wald aus, konnte aber unmöglich jede Höhle und jeden Unterschlupf kennen. Er stand zum Aufbruch bereit in der Tür und schaute dem Schauspiel frustriert zu, bis ihm der Geduldsfaden riss und kopfschüttelnd die Tür hinter sich zu knallte. Jasper sprang reflexartig auf und eilte ihm hinterher, ohne auf seine Freunde zu achten. Da er davon ausging, dass Jonny der einzige Mensch war, der Kimberly finden konnte.

"Na ja. Brechen wir jetzt auf! Ich warte schon eine halbe Stunde, dass die Quasselköpfe da drinnen fertig werden. Aber die wollen nicht auf mich hören", suchte Jasper nach erklärenden Worten. Unzufrieden über dieses stumpfsinnige Palaver ließ Jonny Jaspers Aussage unkommentiert und erklärte ihm seinen eigentlichen Plan.

"Es wäre besser, wenn wir uns in Gruppen aufteilen würden. Die Zeit läuft uns davon. Außerdem habe ich vorhin", Jonny wies in die Richtung, aus der sie gestern gekommen waren, "dort frische Spuren gefunden. Tiefe Abdrücke. Von schweren Stiefeln." Nachdenklich starrten sie gemeinsam in die Richtung, als die anderen endlich vor dem Haus erschienen.

"Sandra und ich werden heute mit einem Boot die nähere Umgebung absuchen", beschloss Markus und baute sich siegessicher vor Jonny auf. Dieser wollte keinen weiteren Streit mit der Gruppe provozieren, weshalb er nur uninteressiert mit den Schultern zuckte.

Markus stand mit in die Seite gestemmten Armen wie ein kleiner Schuljunge vor diesem Bär von einem Mann und schaute zu ihm hoch. Obwohl Sandras Freund groß gewachsen war, überragte Jonny ihn bei Weitem. Monika beobachtete die Szene und konnte sich ein Kichern nicht verkneifen. Alle Augen richteten sich auf sie, weswegen sie schulterzuckend zur Erklärung ansetzte.

"Ich kann nichts dafür, dass ihr nicht einmal in der Lage seid, zusammen in einem kleinen Kanu zu fahren, aber jetzt die Suche vom Boot aus starten wollt."

"Ha ha", kommentierte Sandra freudlos Monikas Bemerkung.

"Hör auf Monika. Für ihr unerwünschtes Bad konnten die beiden nichts. Und dass ausgerechnet sie von einem Schwarm heimtückischer Mücken angegriffen wurden, damit hatte keiner gerechnet", versuchte Denny schmunzelnd die Wogen zu glätten.

"Wir schon, wir hatten alle unser Mückenspray dabei. Du musst aber zugeben, es sah lustig aus, wie Sandra mit den Algen auf dem Kopf durch die Wasseroberfläche gestoßen ist", konterte Monika.

"Aus welchem Kindergarten seid ihr denn ausgebrochen? Habt ihr den Ernst der Situation nicht kapiert? Hier geht es nicht um ein kleines ungewolltes Bad im Fluss. KIMBERLY IST ENFÜHRT WORDEN!" Den letzten Satz spie Jasper seinen Freunden wutentbrannt entgegen. Jonny, der von diesem Affentheater ebenfalls genug hatte, stampfte in Richtung Wald davon und ließ die jungen Leute mit ihren Albernheiten zurück. Jaspers Blick huschte nervös hin und her. Er wollte, dass sich alle an der Suche beteiligten, wonach es zum jetzigen Zeitpunkt überhaupt nicht aussah. Doch vor allem wollte er nicht ohne Jonny, dem erfahrenen Wanderer, in dieser Gegend umherirren. Dann traf er eine schwerwiegende Entscheidung.

Jaspers wegwerfende Handbewegung spiegelte seine Intoleranz wider und er maulte: "Macht doch, was ihr wollt." Maßlos enttäuscht, rannte Jasper Jonny hinterher. Kaum hatte er ihn eingeholt, sprudelte es nur so aus ihm heraus und er bombardierte Jonny mit Fragen.

"Hast du eine Ahnung, wer der Entführer sein könnte? Wo sollen wir ihn nur in diesem Wald finden? Glaubst du, dass dein Mörder und mein Entführer, ein und dieselbe Person sind? Es ist doch eher unwahrscheinlich, dass zwei solche durchgeknallten Kerle zur gleichen Zeit hier umhergeistern, oder? Was hat dein Mörder überhaupt gegen dich, dass er deine Freunde bestialisch abschlachtet?"

Jonny nervte die Fragerei und er schnauzte Jasper an: "Sei still und pass auf den Weg auf. Aber vor allem, hör zu, was der Wald dir erzählt." Jonny vernahm überdeutlich das Trampeln der anderen vier, die ihnen hinterhereilten.

"Was soll das denn heißen, was der Wald mir erzählt?", fragte Jasper verdattert und stolperte über einen mit Laub bedeckten Ast. Wäre Jonny nicht unerwarteterweise stehen geblieben, läge Jasper der Länge nach im Dreck. Er lauschte angestrengt in die Bäume hinein und konnte trotz alledem nichts Verdächtiges ausmachen. Nur der Lärm, den Jaspers Freunde provozierten, als ob eine ganze Rinderherde in heller Aufregung sei, hallte durch den Wald.

Markus, der sich nach der Pleite vor der Hütte kommentarlos Denny und Monika angeschlossen hatte, trottete mit beleidigter Miene und Sandra im Schlepptau hinter ihnen her. Gekränkt war er in seine Gedanken eingetaucht und erinnerte sich mit bitterer Freude an die ersten positiven Stunden dieses Urlaubs zurück. Wie glücklich und zufrieden alle gewesen waren. Sie hatten ihm nicht genug dafür danken können, dass er dieses herrliche Fleckchen Erde für ihren Urlaub ausgesucht hatte. Und jetzt? Jetzt behandelten sie ihn wie einen Aussätzigen. Dazu stieß es ihm sauer auf, dass dieser dahergelaufene Jonny das Zepter an sich gerissen hat und ihn wie einen unterbelichteten Jungen dastehen ließ.

So in Gedanken versunken, bemerkte er nicht, dass Denny und Monika sich immer weiter entfernten. Obwohl Sandra hinter ihm permanent motzte, reagierte er nicht. In Wirklichkeit wollte er nur zurück zur Hütte und sein angeknacktes Ego bemitleiden. Wogegen Sandra sich aber entschieden wehrte. Sie wollte bei der Suche helfen.

Als Denny keine Schritte mehr hinter sich hörte, drehte er sich verwundert um.

"Monika, Markus und Sandra sind fort!" Seine Freundin, die vertieft nach einem Anhaltspunkt von Kim im Gebüsch suchte, blieb erschrocken stehen.

"Scheiße! Und jetzt? Sollen wir die auch noch suchen?"

"Markus wird hundertprozentig zurück zur Hütte sein. Er war doch schon die ganze Zeit am Nörgeln, weil es nicht nach seinem Kopf ging. Lassen wir ihn und helfen Jonny und Jasper bei der Suche nach Kim", entschied Denny. Doch als sie nach vorne schauten, waren die beiden schon in dem grünen Dickicht verschwunden.

Der Jäger

Am Tag zuvor, zur gleichen Zeit, Jonny erwies seinem Hund die letzte Ehre, legte ihn sachte in sein Grab und vernahm kurz darauf das Geschrei von Jasper, da war der Jäger erneut auf der Suche. Seine Streifzüge führten ihn zur abgelegenen Olson-Hütte.

"Verflucht, wann haben denn die Kids diese Bretterbude gemietet? Die ruinieren mir meine Pläne!", grunzte der schlanke Mann. Gekleidet in wetterfestes Outfit saß er auf einer dicken Eiche und beobachtete die Gruppe junger Leute mit einem Feldstecher. Einen Arm um einen Ast gelegt, hielt er sein Fernglas sicher in der Hand.

Frustriert erkannte der Jäger, dass dieser Unterschlupf für seine finalen Pläne verloren war, obwohl er ideal gewesen wäre. Weit und breit keine Menschenseele, genau der richtige Ort, um dem verhassten Widersacher in aller Ruhe zu quälen. Der Jäger hatte in seinem kranken Kopf und dank einer regen Fantasie genau geplant, welche Schmerzen er seinem Erzfeind zufügen wollte. Durch die widrigen Umstände blieb ihn nichts weiter übrig, als seine Pläne zu ändern. Was ihm gar nicht behagte.

Schwermütig saß er in den Baumwipfeln, wobei ihm die unzähligen Gesichter erschienen, die ihn jahrelang gequält und gepeinigt hatten, wie Geister vor seinem inneren Auge. Überdeutlich erinnerte er sich daran, wie sie ihn im Kinderheim ohne Kleider in den eiskalten Schnee gejagt und die schwere Eingangstür versperrt hatten. Ein anderes Mal verpassten ihm die älteren Jungs in der Dusche mit nassen Handtüchern eine Tracht Prügel. Die schlimmste Demütigung, die der damalige schmächtige Junge ertragen musste, folgte knapp eine Woche später. Sie stibitzten der Erzieherin ihren Vibrator und versteckten ihn unter seiner Bettdecke. Nicht einmal im Traum konnte sich der kindliche Jäger vorstellen, wofür dieses längliche Plastikding benutzt wird. Er war zu jung. Seiner Neugierde nachgebend, untersuchte er den Stimulator eingehend und als der Dildo anfing zu vibrieren, schmiss er ihn erschrocken fort. Ausgerechnet in diesem Moment tauchte die Nachtwache auf. Wie vom Donner gerührt wanderte ihr Blick von dem Jungen zu dem Spielzeug und zurück. Ein hysterischer Schrei erfüllte den Schlafraum. Die beleibte Frau ergriff den Vibrator und das schmächtige Kind. Ihre Finger klebten regelrecht an seinem Ohr. Genauso zog sie ihn über die Flure und Treppen bis in den Keller.

Wochenlang ließ die Erzieherin ihn allein essen und nach dem Abendessen wurde er in den Keller gesperrt. Spinnen, sowie andere Kriechtiere waren in dieser Zeit seine einzigen Freunde. Das Licht schaltete die Erzieherin, gleich nachdem sie die Tür versperrt hatte, aus. Sein Schlafplatz, eine kleine Pritsche, ausgestattet mit einer dünnen Decke und einem harten Kopfkissen, war das Einzige, was im kargen Raum stand. Der Aufpasserin zum Trotz genoss der schmächtige Junge diese allabendlichen Stunden der Einsamkeit.

Unerfreulich wurde es für ihn erst, nachdem er wieder nach oben in den großen Schlafsaal verlegt wurde. Die älteren Jungs erklärten ihm, wofür dieses plastische Gebilde der Erzieherin diente, bevor sie ihn in den Duschraum auf brutalste Art vergewaltigten. Es war die schlimmste Nacht seines Lebens. Niemandem hatte er jemals davon erzählt, zu groß war die Scham. Er unternahm alles, um die Blutungen geheim zu halten, obwohl er eine lange Zeit unter schmerzhaften

Beschwerden beim Toilettengang litt. Sogar heute, Jahre später, schüttelte es seinen Körper bei dieser Erinnerung. Seit jener Nacht, die ihn veränderte, hasste er alles, was in irgendeiner Art nach Schwäche aussieht. Heimlich trainierte er seinen Körper und verbrachte jede freie Minute im nahen Wald, wo er kleine Tiere erlegte. Brachte sich das Handwerk des Häutens bei und schnitzte mit den erlegten Tierkrallen scharfe Messer aus Holz. Insgeheim wünschte er, die Krallen würden seine Gegner töten und ausweiden. Oder zumindest bestrafen. Natürlich traf das nicht ein, weswegen er sich vornahm, eine Krallenhand zu basteln und damit zu töten."

Ein Kauz schrie über ihn auf und riss den Jäger aus seinen Erinnerungen. Kopfschüttelnd vertrieb er diese und konzentrierte sich auf seine vorliegende Aufgabe.

"Okay Leute, ich gebe euch ein paar Tage, wenn ihr bis dahin nicht verschwunden seid, werdet ihr euer blaues Wunder erleben. Und ich kann euch jetzt schon versprechen, dass das dann kein Zuckerschlecken für euch wird", sagte er halblaut zu sich. Ein hämisches Kichern schallte vom Baum hinab.

Um Haaresbreite wäre er vom Ast gefallen, als eine junge Frau ins Sonnenlicht trat. Gefangen von ihrer Erscheinung, durchflutete ein Schauer seinen Körper. Lechzend saß er auf dem Ast und betrachtete den üppigen Busen der Rothaarigen.

Genussvoll registrierte er jede geschmeidige Bewegung dieses fremden Wesens. Sie war keine Schönheit im klassischen Sinne, doch genau das mochte er. Sogar aus der Entfernung konnte er ihr Feuer wahrnehmen. Ihre kräftige Statur erregte den einsamen Mann und er versprach sich eine Menge Spaß mit ihr.

Kaum war die Rothaarige in die Hütte zurückgekehrt, verließ der Jäger seinen Posten und kehrte in sein Versteck zurück. Dort überlegte er sich die nächsten Schritte. Zuerst hatte er die jungen Leute nur vertreiben wollen, da er diese Hütte für das große Finale mit seinem Erzfeind auserkoren hatte. Doch seitdem er diesen Rotschopf gesehen hatte, geisterte ein anderer Plan in seinem Kopf umher. Fanatisch bereitete der Jäger alles für einen nächtlichen Überfall vor. In Gedanken versunken, legte er sich seinen Streifzug für die kommende Nacht haarklein zurecht.

Jede Option zog er in Betracht. Jede Eventualität berücksichtigte der Jäger und schloss die Möglichkeit nicht aus, entdeckt zu werden. Wobei er daran kaum einen Gedanken verschwendete. Sollte einer der Kids ihn sehen, würde er kurzen Prozess mit ihm machen.

Der Tag neigte sich dem Ende und der Jäger machte sich bereit. Die einzige Waffe, die er mitnahm, war sein sorgfältig geschliffenes Bowiemesser, das er immer griffbereit in der Scheide am Gürtel trug.

Spät in der Nacht brach der Jäger feixend auf. Mit sich und seinem genialen Plan zufrieden, lief er leichtfüßig durch den Wald, auf die einsame Lichtung zu. Aufmerksam schaute er zwischen den Bäumen hindurch und kundschaftete die Umgebung und die Hütte aus. Das Lagerfeuer, das zuvor lichterloh brannte, war nur noch ein leicht rötliches Glimmen. Im Haus war alles dunkel. Gebückt schlich der Mann näher heran und schaute durch eines der unteren Seitenfenster. Der Hauptraum lag verlassen vor ihm. Behutsam erklomm er die Tritte zur Veranda.

Er kannte die alte Hütte in- und auswendig. In den vielen einsamen

Stunden, die er hier verbrachte, hatte er sich seinen Racheplan zurechtgelegte.

"Verdammt", flüsterte der Jäger, als die vorletzte Stufe laut hörbar ein knarrendes Geräusch von sich gab. Zur Säule erstarrt, stand er auf der Treppe und lauschte aufmerksam auf eine Reaktion im Haus, doch nichts regte sich. Leise stieß er den angehaltenen Atem aus, ehe er sich der Eingangstür widmete. Behutsam drückte er die Klinke hinunter, die zu seinem Glück nicht verschlossen war und mit einem leisen Knarren problemlos aufschwang. Wie ein Schatten huschte der Jäger hinein und verschloss die schwere hölzerne Tür. Im Wohnbereich schlich er um die knarrenden Dielen herum, zum angrenzenden Schlafzimmer. Zu seiner großen Enttäuschung hauste die Blondine mit ihrem kantigen, laut schnarchenden Freunds in diesem Raum. Der junge Mann zuckte unkontrolliert im Schlaf und schlug schwächlich um sich. Woraufhin der Eindringling die Tür schnell wieder verschloss.

Lautlos schlich er die Treppe hinauf, darauf bedacht, die ächzenden Stufen auszulassen. Oben angekommen, spähte er kurz in das rechte Zimmer. Er schloss die

Tür mit verkniffener Miene, die falsche Frau rekelte sich in dem Bett.

Das Bad und die Toilette beachtete er nicht, sondern schlich direkt zur letzten Tür im ersten Stockwerk. Kurz atmete der Eindringling tief durch, dann umschlossen sich seine Finger um er den Türknauf. Die Scharniere und Klinken waren geölt und gaben keinen Laut von sich. Wie ein Geist schlich er sich ins Zimmer. Kurz registrierte er die tiefen gleichmäßigen Atemzüge des jungen Mannes, den er nicht weiter beachtete. Aufgewühlt starrte der Jäger auf das Antlitz seiner Traumfrau.

Die stämmige Rothaarige lag splitterfasernackt vor ihm, da ihr Freund sich regelrecht in die Decke eingewickelt hatte. Nur ein kleiner Zipfel hatte sich über ihre linke Brust gerettet. Fasziniert stierte er auf den entblößten Körper. Ihr aufgedeckter Busen, der sich bei jedem Atemzug gleichmäßig hob und senkte, bezauberte ihn. Den Blick auf ihren Schoß gerichtet, kämpfte er mit seiner Erregung. Endlich riss er sich vom Anblick ihres nackten Körpers los, näherte sich ihr behutsam und drückte auf ihre Halsschlagader. Sorgfältig war er darauf bedacht, dass er seiner zukünftigen Gespielin die Blutzufuhr zum Gehirn nicht zu lange unterband. Sein Blut kam erneut in Wallung, als er die Anspannung ihres Körpers durch seine Berührung bemerkte.

Kimberly erwacht

"Ab heute gehörst du mir", flüsterte der Jäger Kimberly ins Ohr, ehe sie in einen komaähnlichen Schlaf fiel. Bewegungslos stand er da, nur seine flachen Atemzüge waren in der nächtlichen Stille zu vernehmen. Durch die geschlossenen Fensterscheiben erklang das ferne Rufen eines Kauzes. Ein letzter tiefer Atemzug und er hob die nackte Frau vor ihm in einer fließenden Bewegung aus dem Bett. Ein kleiner Seufzer befreite sich aus ihrer bezaubernden Kehle.

Lautlos stahl der Jäger sich mit seiner Beute davon. Wie eine Geliebte trug er sie die Treppe hinunter, aus dem Haus und tief in den Wald zu seinem Unterschlupf. Der sich in einer großen Höhle mit unzähligen Verzweigungen und Schlupflöchern zur Flucht befand.

Sanft bettete der Jäger seine geraubte Prinzessin auf das Bett. Er erlaubte sich einen letzten Anblick ihres makellosen Körpers, ehe er sie sorgfältig bedeckte. Ihre Hände fesselte er mit einem Strick, den er fachgerecht an dem stabilen Bettgestell verknotete. Ein letzter Blick in die wolkenverhangene Nacht und der Jäger genehmigte sich neben seiner Auserwählten ein wenig Ruhe.

Noch bevor die Sonne ihre ersten Strahlen in die dunkle Höhle warf, erhob sich der Mann und erledigte seine Morgenroutine. Ein wenig später erwachte Kimberly.

"Verfluchter Mist, habe ich einen Brummschädel von gestern Abend. Monikas Cocktail hatte es echt in sich. Aber lustig war's schon. Bemerkenswert, dass niemand zu streiten anfing." Mit geschlossenen Augen lag Kimberly im Bett und murmelte mit krächzender Stimme vor sich hin. Ihr Hals fühlte sich wund und trocken an.

"Wieso muss sich jeden Morgen die Blase so dringend melden?", überlegte Kimberly und hievte sich mit geschlossenen Augen aus dem Bett. Erst in diesem Augenblick bemerkte sie die Fesselung. Laut schallte ihre anklagende Stimme durch das verwinkelte Gewölbe.

"Jasper! Was soll das? Mach mich los, sofort!" Nur langsam konnte sie ihre schweren Lider öffnen. Verunsichert schaute sie sich in einer unbekannten Umgebung um. Es dauerte einige Sekunden, bis ihr verkatertes Gehirn registrierte, dass sie sich nicht in der Hütte aufhielt. Darauf bedacht, nicht an ihrem gefesselten Arm zu reißen, kämpfte sie sich mühsam von der harten Matratze. In gebückter Haltung stand sie mit ihrer übervollen Blase da und schaute sich in diesem kalten Gemäuer verdutzt um. Keine Sekunde später echote ihr Gebrüll von den Wänden der Höhle zurück.

"Was ist hier los? Wo bin ich? Jasper, du Blödmann, was hast du dir jetzt schon wieder einfallen lassen! Mach mich auf der Stelle los! Jaaasperrr!"

Belustigt lauschte der Jäger den von den Wänden zurückgeschleuderten Worten am Eingang der Behausung. Jetzt war ihm klar, dass er sich die Richtige erbeutet hatte. Diese unbändige Leidenschaft erregte ihn. Doch er durfte sich seiner Begierde nicht hingeben. Noch nicht. Zuerst musste er diesen roten Engel zähmen. Mit seinem plötzlichen Erscheinen bereitete der Jäger dem Gekreische ein Ende.

Kimberly, die mit allem gerechnet hatte, aber gewiss nicht mit einer Entführung, blieb vor Schock der Mund offenstehen. Kaum hatte sie den ersten Schreck überwunden, brüllte sie los: "Wer sind sie? Was soll das hier? Befreien sie mich augenblicklich, sonst ..."

"Sonst was, meine Süße? Welche Qualen möchtest du mir zufügen? Sprich es ruhig aus, denn meiner Fantasie sind dahingehend keine Grenzen gesetzt und ich werde es genießen. Jeden einzelnen Schmerz, den du mir zufügst, wird mir Vergnügen bereiten. Berücksichtige aber: Ich werde mich revanchieren, und zwar zweifach." Sein tiefer Bass ängstigte Kimberly mehr als die Worte, die er ihr an den Kopf warf. Seine muskulöse Brust und sein einem Totenschädel ähnelnder Kopf flößten Kim zusätzlich Angst ein. Sie wollte sich aber nicht so schnell unterkriegen lassen. Am liebsten hätte sie ihm sein frivoles Grinsen aus dem Gesicht gewischt. Ihm die Augen ausgekratzt, um seinem lüsternen Blick zu entgehen. Noch nie in ihrem Leben war sie sich ihrer Nacktheit so bewusst gewesen, wie in diesem Augenblick, als der Fremde sie wie eine Ausstellungspuppe mit gierig sabberndem Ausdruck eingehend betrachtete.

Nachdem ihr bewusstwurde, in welcher Gefahr sie sich befand, gab ihre gefüllte Blase nach und ein lautstarkes Plätschern unterbrach die beklemmende Stille. Sein hämisches Gelächter verstärkte ihre aufkeimenden Kopfschmerzen und mit vor

Scham rotem Kopf schaute sie hinunter. Bis in den letzten Winkel ihrer Seele gedemütigt, stand sie wie ein Häufchen Elend in ihrem warmen Urin.

"Unser Zusammenleben fängt ja ausgezeichnet an. Jetzt muss ich dich leider bestrafen, das verstehst du doch? Ich werde solche Sauereien nicht dulden, aber das wirst du schnell lernen." Wie Goliath stand er vor ihr, nur dass sie nicht David war und keine Steinschleuder besaß. Unverhohlen betrachtete er ihre üppigen Brüste. Blitzschnell schoss seine raue Hand nach vorne und mit Freude drückte er schmerzhaft eine ihrer Brustwarzen. Er drehte, kniff und zog daran, bis Kimberly vor Schmerzen aufschrie. Dieser kleine Spaß war nicht genug für ihn und er zückte sein blinkendes Messer und hielt es ihr deutlich vor die Augen. Ein Angstschauer durchzuckte ihren Körper, als er ihre linke Brust in die Hand nahm und das scharfe Messer ansetzte. Sie konnte ihre panisch geweiteten Augen nicht von der blinkenden Klinge abwenden.

"Soll ich sie dir abschneiden?" Es war eine rhetorische Frage, aber Kimberly wurde es warm und kalt. Mit höllischer

Genugtuung genoss der Jäger die zähneklappernde Reaktion.

"Ich könnte aber auch dein Loch um ein Vielfaches vergrößern." Ein stahlharter Griff zwischen ihre Beine zwang Kim in die Knie. An der roten Mähne zog der Jäger sie wieder nach oben und leckte ihre warmen Tränen ab. Ein Schauer des Ekels überkam Kimberly, als sie die nasse Zunge im Gesicht verspürte. Mit letzter Kraft schaffte sie es, ihren Mageninhalt bei sich zu behalten, doch ihre schlotternden Knie konnte sie nicht verbergen.

"Du kannst es auf die harte Tour lernen, oder du passt dich der neuen Situation an. Und jetzt putzt du deine Sauerei weg! Hast du mich verstanden?" Ihr Peiniger stand nah genug, dass Kim seine Erektion bemerkte. Der faule Atem, der ihr entgegenschlug, sowie sein Gestank nach Schweiß raubte ihr die Luft und überdeckte den des Urins.

"Wenn du keinen Blödsinn machst, werden wir ausgezeichnet miteinander auskommen. Ich löse deine Fesseln, um dir mit einem Seil Bewegungsfreiheit zu verschaffen. Komm lieber nicht auf dumme Gedanken. Du würdest es bitter bereuen." Dieselbe raue Hand klammerte sich zwischen ihren Beinen fest. Damit machte er Kimberly eindeutig klar, dass sie ab dieser Minute seine Sklavin war und er mit ihr anstellen konnte, was ihm beliebte. Eingeschüchtert, aber nicht gebrochen, überlegte Kim hin und her. Es musste doch eine Lösung geben.

"Hören Sie, ich verstehe nicht, was Sie von mir wollen. Meine Familie ist nicht reich, sie kann ihnen im Gegenzug für mein Leben kein Geld geben. Lassen Sie mich bitte gehen und wir vergessen die ganze Angelegenheit."

Belustigt hörte sich der Jäger ihre Ausführungen an, bis ihm das Gequatsche nervte. Nah trat er an sie heran und flüsterte ihr ins Ohr: "Glaubst du ernsthaft, dass ich Geld will? Ich will dich. Und ich will, dass du mir einen Erben schenkst. Einen Jungen."

Ein Schauder lief über Kims Rücken, als er die letzten Worte schon fast liebevoll betont aussprach. Seine verschwitzte Hand glitt an ihrem Körper abwärts und stoppte kurz vor ihrem Schambereich. Tief zog Kimberly die Luft ein. Niemals würde sie sich diesem stinkenden Kerl hingeben, eher wollte sie sterben.

"Ich gehöre dir nicht!" Wie ein Peitschenhieb echote die Höhle die schallende Ohrfeige wieder, die ihr Kidnapper ihr verpasste.

"Oh doch! Und wenn du nicht augenblicklich still bist, werde ich dich knebeln und mein Recht als dein zukünftiger Mann sofort mit Freuden antreten." Fuchsteufelswild schubste der Jäger Kimberly zurück aufs Bett und ersetzte schweigend die Handfessel durch ein langes, dickes Seil. Kim, die jeglichen Kampfgeist verloren hatte, kauerte mit hochgezogenen Beinen auf der harten Unterlage und schluchzte unkontrolliert.

"Ich werde ein paar Stunden weg sein. Von mir aus kannst du dir die Seele aus dem Leib brüllen, hier wird dich keiner hören", waren seine Abschiedsworte, ehe Kim allein und eingeschüchtert zurückblieb. Am Eingang warf er einen nachdenklichen Blick auf das weibliche Wesen. Er wusste, sobald er ihr den Rücken zukehrte, würde sie alles Erdenkliche versuchen, um sich zu befreien. Er muss höllisch auf seine zukünftige Frau aufpassen, bis sie sich in ihrer neuen Rolle eingelebt hat. Weswegen ihm die Schreie, die sie nach seinem Verlassen der Höhle in dieser Einöde, weitab jeglicher Zivilisation ausstieß, kalt ließen. Sie könnte höchstens etwas Damwild aufschrecken.

Schlotternd saß Kimberly da. Leise weinend zerrte und riss sie an den Fesseln, die keinen Millimeter nachgaben. Sie erreichte nur, dass ihre Haut aufscheuerte. Frustriert machte sie sich Luft und schrie um ihr Leben. In der winzigen Hoffnung, dass sie jemand hörte. Allerdings wurde ihr schnell bewusst, wie verloren sie in diesem steinernen Grab war. Bald darauf erklang nur noch ein klägliches Krächzen aus ihrem Hals. Die letzte Träne trocknete auf ihrer kalten Haut, als sie vor Erschöpfung einschlief.

Der Gestank, der dem Jäger bei seiner Rückkehr entgegenschlug, trieb ihn die Zornesröte ins Gesicht. Wütend ging er auf das schlafende Mädchen zu. Doch dann überlegte er es sich anders und scheinheilig weckte er Kimberly nach Stunden der Einsamkeit.

Mit den Worten: "Igitt, was stinkt hier so", begrüßte er seine Gespielin. Beschämt drehte sich Kimberly weg. Aufbrausend wollte der Jäger dem Weibsbild die Leviten lesen, da wurde ihm bewusst, dass es sein eigenes Versäumnis war. Er hatte die

Konsequenzen nicht bedacht, nachdem er sie den ganzen Tag alleingelassen hatte.

"Dreh dich um!" Der Befehlston fuhr Kimberly durch Mark und Bein. Langsam wandte sie ihm ihren Rücken zu, ohne erahnen zu können, was er vorhatte. Er fesselte ihre Arme auf dem Bauch und führte sie hinaus ins Freie. Der Jäger schleuste sie zu einem Bach, wo sie sich waschen konnte. Die warmen Sonnenstrahlen und das glasklare Wasser gaben ihr neuen Mut. Beladen mit einem gefüllten Eimer erklommen sie den kleinen Anstieg zur Höhle. Im Innern löste der Jäger ihre Fesseln ein wenig, dass sie den kargen Steinboden zu säubern konnte. Wagemutig beklagte Kimberly sich, nachdem sie die Ursache des Gestanks entfernt hatte: "Mir ist kalt. Hast du nichts zum Anziehen? Außerdem habe ich Hunger."

"Habe ich dir erlaubt zu sprechen?" Blitzschnell war er bei ihr und verpasste ihr erneut eine schallende Ohrfeige.

"Du redest nur, wenn ich es gestatte." Mit zwei Schritten war er bei seinem Rucksack, kramte darin herum und reichte Kimberly einen alten Leinensack, der furchtbar nach Moder und Fäulnis stank. Krampfhaft versuchte sie, in den festen Stoff

Löcher für ihre Arme und den Kopf zu reißen.

Kimberly war so vertieft in ihre Arbeit, dass sie nicht bemerkte, wie der Jäger mit dem Bowiemesser in der Hand auf sie zutrat. Bärbeißig entriss er ihr das Stück Leinen und schnitt geschickt drei Löcher hinein. Schnell zog sich Kim den groben Stoff über den Kopf und war froh, ihre Blöße ein wenig verdecken zu können.

Kurze Zeit später erhitzte eine wohlige Wärme die kalte Höhle. Der Jäger hatte ein Feuer entfacht. Er trat zu ihr und warf ihr zwei tote Eichhörnchen vor die Füße.

"Dein Essen." Entgeistert schaute Kimberly ihren Entführer an. Doch kurz darauf ging ihr Temperament mit ihr durch.

"So funktioniert das nicht. Wenn du mich hier gefangen hältst, verlange ich eine ordentliche Behandlung. Außerdem werde ich kein pelziges Tier essen." Kimberly war gewöhnt, ihr Fleisch fertig zugeschnitten im Supermarkt zu kaufen. Noch nie hat sie ein Tier getötet und jetzt soll sie dem Eichhörnchen das Fell über die Ohren ziehen? Das war eindeutig zu viel für ihre Verhältnisse. Erbost riss der Jäger sie an ihren Haaren hoch und drückte sie mit dem Rücken an die unebene Steinmauer.

"Hast du es nicht kapiert? Du bist meine Sklavin", zischte er leise in ihr Ohr, "und du machst das, was ich dir sage. Genauso, wie ich mit dir machen kann, was ich will. Alles, was ich will! Verstehst Du? Und solltest du noch einmal unaufgefordert reden, werde ich dir die Zunge herausschneiden. Wenn du dann immer noch mit deinem Dickschädel durch die Wand willst, werde ich dir deine Brüste abschneiden und sie dir zu essen geben. Haben wir uns verstanden?" Eine Hand lag an ihrer Kehle und mit der anderen umfasste er ihre Brust. Schmerzhaft drückte der Jäger sie zusammen. Wobei seine Worte ihr einen Stich ins Herz gaben, erschauerte Kimberly mehr unter seinem eiskalten Blick.

"Ich habe einiges zu tun. Bis zum Einbruch der Dämmerung werde ich zurück sein. Wenn du wieder auf die Toilette musst, dann mach in den Eimer. Und pass auf, dass das Feuer nicht ausgeht!" Mit dem Fuß rückte der Kidnapper ein paar mickrige Äste in ihre Nähe. Mit geübter Hand schnitt er dem kleinen Nagetier das Fell in Streifen. Daraufhin verknotete er ihre Hände mit einem dicken Hanfseil, das ihr ein wenig Bewegungsfreiheit gab, aber trotzdem nicht erlaubte, wegzulaufen.

Ohne ein weiteres Wort begab sich der Jäger auf die Suche nach seinem Kontrahenten. Sie hatte keine Ahnung, wie sie das Feuer am Brennen halten sollte. Geschweige denn konnte sie eine Mahlzeit mit dem winzigen Tier zubereiten. Erneut war Kimberly mit ihren Gedanken und Ängsten allein. Ihr blieb nichts anderes übrig, als in ihrer Situation auszuharren.

Markus

"Wo sind die anderen geblieben, verdammt?", fluchte Jasper, nachdem er bemerkte, dass sie allein unterwegs waren und von seinen Freunden jede Spur fehlte.

"Sie werden zurück zur Hütte sein. Dein Freund Markus war doch überhaupt nicht davon begeistert, stundenlang im Wald herumzulaufen."

"Ja schon. Aber Denny und Monika?"

"Werden mit ihm gegangen sein", beendete Jonny Jaspers Satz.

"Komm, lass uns weitersuchen. Ich wette, dass wir sie alle gesund und munter in der Hütte antreffen, wenn wir zurückkommen."

Jasper, der seine Sorge um Kimberly nicht verbergen konnte, stimmte Jonny halbherzig zu. Auf ihrem Weg untersuchten sie jede kleinste Felsspalte, krochen in alle Schlupflöcher und doch fehlte jede Spur von Kimberly und dem Jäger. Jaspers Frustration stieg von Minute zu Minute. Denn erneut verlief die Suche nach Kim erfolglos. Letztendlich übermannte ihn die Anspannung. In der Hoffnung, ein Lebenszeichen von seiner Freundin zu erhalten, brüllte er ihren Namen lautstark hinaus. Jonny, der einige Schritte hinter ihm lief, stupste den jungen Mann unsanft an.

"Sei still", zischte er", anstatt die Tiere wild zu machen, solltest du lieber der Spur folgen."

Jasper, der nur Bahnhof verstand und keine Ahnung vom Spurenlesen hatte, schaute den Älteren verdutzt an. Jonny schluckte eine heftige Erwiderung hinunter. Geduldig zeigte er Jasper, auf welche Anzeichen er achten musste und ob sie von einem Tier oder Menschen stammten.

Er verwies auf umgeknickte Äste, niedergetrampeltes Gras und platt gedrückte Blumen. Er erklärte Jasper, dass das nur von einem Menschen stammen könnte. Tiere würden sich graziler durch ihr Terrain bewegen.

Dann sprach Jonny seine Vermutung laut aus, und für Japser stürzte eine Welt zusammen. Insgeheim hatte er gehofft, dass seine Freundin sich nur verirrt hätte. Doch Jonnys Behauptung machte alles zunichte. Nach der Spurenlage konnten sie davon ausgehen, dass ein menschliches Wesen schwer bepackt durch das Gestrüpp gejagt war. An morastigen Stellen zeichneten sich tiefe Stiefelabdrücke im feuchten

Waldboden ab, wie auch Jasper in dem Moment erkannte.

Hochkonzentriert verfolgten sie die Spur. Jonny, dem die Gegend vertraut war, ahnte, welchen Schlupfwinkel der heimtückische Jäger für sich gewählt hatte. Vorschnell wollte er schon den versteckten Eingang suchen, als die beiden erschrocken stehen blieben und sich bestürzt anschauten. Denn aus heiterem Himmel war in der Stille des Waldes ein greller Schrei ertönt.

"War das deine Kimberly?"

Jasper schüttelte den Kopf.

"Kims Stimme klingt heller, aber Monika ..." Er ließ den Satz halb ausgesprochen, wollte den Gedanken nicht zu Ende führen.

"Okay, schleichen wir vorsichtig in die Richtung", änderte Jonny den eigentlichen Plan.

"Vielleicht ist der Jäger in eine seiner eigenen Fallen getappt?" Hoffnungsvoll blickte Jasper ihre Marschroute entlang, doch Jonny schüttelte nur den Kopf.

"Ein Jäger, der in seine eigene Falle tappt? Daran glaubst du doch selbst nicht", kommentierte Jonny Jaspers Gedankengänge.

Erneut schallte ein Hilferuf durch die Bäume, nur erklang er jetzt von der anderen Seite.

"Scheiße, dass müssen meine Freunde sein. Die werden in eine dieser hinterhältigen Fallen geraten sein." Kurzentschlossen sprintete Jasper los. Jonny blieb nichts anderes übrig, als dem davonhetzenden jungen Mann und den Rufen zu folgen.

Hektisch lief Jasper durch den Wald, kletterte unter einem umgefallenen Baum durch, zerriss sich sein Hemd und kratzte sich die Arme auf. Doch das war ihm egal. Er dachte nur an seine Freunde und was ihnen zugestoßen sein kann.

Durch die Kiefernbäume hindurch, sah er ein großes Netz hin und her schwingen. Schemenhaft erkannte er in dem Netz Umrisse. Misstrauisch schlich er sich heran. Die paar Tage hier in der Wildnis und die vergangenen Ereignisse hatten Jasper Vorsicht gelehrt. Jeden Baum als Deckung nutzend, schlich er auf das groteske Gebilde zu, bis er deutlich das leise Fluchen von Denny erkannte. Jede Sorgfalt außer acht lassend, stürzte er auf das riesige Netz zu, in dem zwei seiner Freunde wie gefangene Tiere baumelten. Schon von

Weitem rief er ihnen zu: "Wartet, ich helfe euch. Lauft mir nicht weg", scherzte Jasper, während er versuchte, die beiden zu befreien.

"Scherzkeks, wohin sollten wir denn verschwinden?", murmelte Denny kratzbürstig. Krampfhaft versuchte er, in dem wackeligen Gebilde das Gleichgewicht zu halten und nicht auf seine Freundin zu treten.

"Au, pass doch auf, du Trampel!", kam es keine Sekunde später von Monika. Jasper schaute sich inzwischen nach der Befestigung um. Fest war das Seil verstrickt, weswegen er den Strick mit einem Taschenmesser durchschnitt.

"Das könnte jetzt etwas holprig werden", meinte Jasper lakonisch und säbelte an dem dicken Strick. Im Geflecht verfangen, polterten seine Freunde hart auf den Boden. Jasper eilte zu ihnen und schnippelte mit der Klinge an dem stabilen Gewebe, bis sich die Verflechtungen lösten. Denny, der endlich an sein eigenes Messer in der Seitentasche kam, half Jasper. Außer ein paar blauen Flecken und Prellungen hatten sie den Sturz ohne Probleme überstanden. Monika raffte sich auf, strich ihre Haare glatt und wollte lautstark ihrem Ärger Luft machen. Da schallten unvermittelt eindringliche Rufe durch den Wald.

"Was ist denn jetzt schon wieder los?" Jasper schaute sich völlig frustriert um. Die Suche nach seiner Freundin nahm immer schwerwiegendere Ausmaße an.

"Markus und Sandra, was ist mit ihnen? Wir haben einen Schrei gehört, nachdem wir in dieser vermaledeiten Falle gelandet sind."

"Na ja, ich habe keine Ahnung, Monika. Ich bin den ersten Rufen gefolgt. Ich bin mir nicht mal sicher, ob Jonny den beiden zur Rettung geeilt ist. Kommt, lasst uns nachsehen, wir waren ja dicht beieinander." Zusammen liefen sie den Weg zurück, wobei Monika permanent schimpfte, hauptsächlich wenn sich ihre Haare im Gestrüpp verfingen. Stolpernd und fluchend tauchten die drei auf einer kleinen Lichtung auf und das Bild, welches sich ihnen bot, ließ sie erstarren.

Sandra stand mit hängendem Kopf und triefender Nase neben Markus Leiche. Ihre Arme hingen schlapp herunter und ihre gesamte Erscheinung wirkte wie ein Häufchen Elend. Als sie durch ihren Tränenschleier Monika erkannte, stürzte sie laut schluchzend auf ihre Freundin zu, fiel ihr um den Hals und weinte laut.

Jonny kniete an der Seite von Markus totem Körper, der neben einem frisch gegrabenen Loch in der Erde lag. Seine Kleidung war voller Blut und er atmete schwer. Jasper wagte sich näher heran, obwohl der Anblick in ihm ein Brechreiz hervorrief. Markus Körper war eine einzige blutende Wunde. Wo sein linkes Auge sein sollte, klaffte ein großes blutiges Loch. Der gesamte Körper war mit Verletzungen übersät und überall war Blut, das sich mit dem Laub und Sand vermischte, die auf seinem Leichnam klebten.

Jonny erklärte mit flacher Stimme, dass er ihn aus der Grube gehievt hatte. Er war da schon tot. Jasper erkannte beim Näherkommen, dass das Erdloch mit spitzen Eisendornen gespickt war. Geschockt sammelten sich die Freunde um den Leichnam. Starrten ungläubig auf das Opfer und konnten es doch nicht fassen.

Die Sonne stand hoch am Himmel, da erblickte Denny einen weißen Gegenstand. Vom Licht angestrahlt, schaute die Spitze einer Kralle aus der Hemdtasche hervor. Den Papierfetzen übersahen sie vor Aufregung, da Jonny das abgebrochene Stück Klaue augenblicklich an sich riss.

"Was ist das denn?", schrie Sandra erschrocken auf. Denny fischte mutig das Stück Papier von Markus Leichnam und las laut, die krakelige Handschrift vor.

"Verschwindet, sonst sterbt ihr. Alle!"

"Was soll das denn?", entfuhr es ihm ungehalten, bis Jonny einen Blick auf den Zettel warf.

"Der Entführer von Kimberly ist ein und dieselbe Person, wie der Mörder von Marvin und seiner Frau. Cynthia hat dieses Schwein ebenfalls auf dem Gewissen. Der kleine Wisch hier bestätigt das." Erschöpft streckte Jonny seine Faust mit dem zerknüllten Zettel in die Luft.

Er war mit seinem Latein am Ende. Warum war der Mörder seiner Freunde jetzt auch für den Mord an dem jungen Touristen verantwortlich? Was ging hier nur vor und warum griff er die Kids an? Schwer atmend ließ sich Jonny auf den Boden nieder. Ratlos standen die anderen im Kreis. Sandra, die sich an Monika festhielt, schluchzte unentwegt.

Jasper gewann zuerst die Fassung wieder: "Was machen wir mit, ähm, Markus?" Fragend schaute er in die Runde. Monika zückte kurzerhand ihr Handy.

"Was soll das denn jetzt?", mischte sich Jonny ein.

"Willst du ein Erinnerungsfoto machen?" Jonnys Worte klangen zynisch und zu gleich todunglücklich. Monika ging auf den Kommentar nicht ein und hielt das Handy in die Höhe.

"Verdammter Mist, kein Empfang."

"Bringen wir ihn zurück zur Hütte. Dort steht ein Funkgerät. Damit können wir die Polizei rufen", sprudelten Denny die Wörter über die Lippen.

"Nein, keine Polizei!" Aufgebracht sprang Jonny auf und schaute alle herausfordernd an, bevor er weitersprach: "Sonst bin ich weg und ihr könnt sehen, wie ihr den Kerl zur Strecke bringt."

"Das würde ja dann die Polizei übernehmen", warf Sandra verwirrt ein.

"Bringen wir ihn erst einmal zur Hütte. Wir können ihn nicht hier liegen lassen. Kommt fasst mit an!" Jasper wollte die Situation entschärfen und nur raus aus dieser grünen Hölle. Doch keiner traute sich, den Leichnam zu berühren, weswegen Jonny schnell eine Art Trage zusammenschusterte, auf die sie den toten Körper hievten und ihn so hinter sich herzogen, während sie schweigend zurückliefen.

In der Hütte legte Jonny Markus Leichnam auf dessen Bett. Sandra, die seit dem Aufbruch kein Wort verloren hatte, setzte sich stumm neben ihn und hielt die Hand ihres toten Freundes. Im Küchen-Wohnbereich versammelten sich die anderen am Tisch. Jeder hing den eigenen düsteren Gedanken nach.

Jasper drückste herum, bis er sich durchrang und das Thema ansprach: "Wir müssen etwas unternehmen. Hier rumsitzen und auf den Mörder warten, hilft uns nicht weiter. Wo ist das Funkgerät, Denny?"

"Es funktioniert nicht, ich habe es schon ausprobiert." Niedergeschlagen hing Denny auf seinem Stuhl und presste die Worte hervor, wobei er lahm auf die große Schranktür zeigte.

"Wie, es funktioniert nicht? Das kann doch nicht sein!" Jasper stand kurz davor, auszurasten.

"Was zum Kuckuck läuft in diesem verdammten Land noch alles schief?! Kim von einem Irren entführt, Markus tot und zum großen Finale funktioniert nicht einmal das beschissene Funkgerät! Kannst du es nicht reparieren?", brüllte er Denny an, der aufsprang, als hätte er eine Sprungfeder im Hintern. Unschlüssig blieb er vorm Schrank stehen, da ihm schlagartig bewusst wurde, dass er kein Elektriker ist.

"Und wie bitte schön soll ich das anstellen? Woher soll ich wissen, was an dem antiken Schrottstück kaputt ist. Hast du dir den Apparat mal angesehen? Der stammt noch aus der Zeit vom Zweiten Weltkrieg, da ist nichts mehr zu machen."

Jonny, der näher herangetreten war, drückte Denny zur Seite und griff sich den schweren Koloss, setzte ihn auf den Tisch und begann, das antike Funkgerät auseinanderzunehmen. Stück für Stück schraubte und klemmte er alle Teile los und stellte frustriert fest, dass die Kondensatoren durchgeschmort waren.

"Wow, ich wusste gar nicht, dass du ein Elektronikfachmann bist", staunte Jasper.

"Nur nützt es nichts, die Kondensatoren sind durchgebrannt. Ohne Ersatz werden wir ihn wieder zum Laufen bringen."

"Lasst mich mal sehen. Mein Vater hatte auch ein altes Funkgerät und er musste auch immer daran rumbasteln. Ich habe ihm oft dabei zugesehen." Niemand hatte bemerkt, dass Sandra in der Tür zwischen

Wohnbereich und ihrem Schlafzimmer stand. Monika zuckte förmlich zusammen, als die traurige Stimme in ihrem Rücken erklang.

"Bist du dir sicher?" Denny, der selbst nichts von Technik verstand, traute es Sandra erst recht nicht zu.

"Lasst mich das Erledigen und ihr sucht nach Kim."

"Eine Frau, ein Wort. Also los, suchen wir Kimberly.", euphorisch klatschte Jasper in die Hände, um die anderen zum schnellen Aufbruch zu animieren.

"Wir können sie hier nicht allein zurücklassen, oder? Das ist zu gefährlich", begehrte Jonny auf, doch Sandra wimmelte den Einwurf ab.

"Ich bin nicht allein. Markus ist bei mir." Verstört schauten die anderen die junge Frau an, die so erbärmlich mitleiderregend im Türrahmen stand.

"Du weißt schon, dass Markus tot ist?", versuchte Monika dem Sinn des Satzes auf den Grund zu gehen.

"Ich bin ja nicht blöd, nur weil ich blond gefärbt bin!", fuhr sie die einzige weibliche Person, die sich ebenfalls im Raum befand, an.

"Ich weiß, dass er tot ist und trotzdem wird er mich beschützen. Gerade weil sein Herz nicht mehr schlägt." Jetzt verstanden sie überhaupt nichts mehr. Denny verdrehte die Augen und deutete Monika mit der Hand vorm Gesicht an, dass Sandra den Verstand verloren hat.

"Ich bin nicht verrückt, du Spinner", nahm sie Denny den Wind aus den Segeln. "Denkt doch mal nach. Wenn er uns beobachtet hat, wie wir Markus Leiche hierhergebracht haben, wird er kaum vermuten, dass einer von uns freiwillig bei dem Leichnam bleibt. Er wird euch verfolgen und in der Zeit kann ich vielleicht das Funkgerät reparieren und die Polizei verständigen."

Ratlos schauten sie sich an, bis Jonny die Initiative ergriff. Er fühlte sich verantwortlich für Markus Tod, weshalb er auf jeden Fall verhindern wollte, dass noch einer sterben musste. Die einzige Lösung, um weitere Schicksalsschläge in dieser kleinen Touristengruppe zu verhindern, war, Kimberly zu befreien und alle nach Hause zu schicken. Weswegen er keinen anderen Ausweg sah. Die junge Frau musste er allein in der Hütte zurückzulassen, obwohl es ihm nicht gefiel.

"Bevor wir aufbrechen, muss ich noch etwas erledigen. Ihr könnt euch in der Zwischenzeit stärken, es dauert nicht lange." Und schon war der Hüne von einem Mann zur Tür hinaus.

Jonny und der Jäger

Schwermütig stapfte Jonny davon. Er konnte sich nicht vorstellen, wie die ganze Sache enden würde, weswegen er unbedingt dem treuesten Freund, den er je gehabt hatte, einen Besuch abstatten wollte.

"Hi, Kumpel. Ich hoffe, du fühlst dich wohl, wo auch immer du jetzt bist. Ich vermisse dich, aber glaub mir, ich werde den Kerl finden, und ich werde ihn leiden lassen. Genauso, wie ich die letzten Tage gelitten habe. Dein Verlust schmerzt mich unermesslich. Dieser verfluchte Mörder wird sich wundern! Ich werde ihn nicht ungeschoren davonkommen lassen. Das verspreche ich dir." Traurig kniete er vor den Erdhügel. Ein tiefer Seufzer entrang sich Jonnys Kehle. Langsam strich er mit der Hand über die staubtrockene Erde.

Mit ächzenden Gliedern erhob sich der große Mann. Ein Reh lief Gazellen gleich über die Wiese und in dem Moment fiel ihm die rettende Idee ein. Auf dem Weg zurück zur Olson Hütte unternahm Jonny einen kleinen Abstecher zu seinem Hauptquartier. Dort kleidete er sich neu ein und kontrollierte die Waffen. Ausgerüstet mit

Marvins Gewehr und seinem scharfen Jagdmesser konnte die Jagd beginnen.

Das Geschrei hörte Jonny schon von Weitem. Schleunigst nahm er die Beine in die Hand, da er davon ausging, dass der Jäger erneut zugeschlagen hatte. Schwerfällig rannte er die letzten Meter bis zur Hütte, bis er nach Luft schnappend vor der versammelten Mannschaft stand und wollte seinen Ohren nicht trauen. Sie hielten eindeutig eine Art Kriegssitzung vor der Tür ab. Wobei sie sich wieder einmal nicht einig wurden.

"Ah, da bist du ja. Ich hatte mich schon gewundert, wo du geblieben bist", begrüßte Jasper den großen Mann.

"Rein mit euch, alle!", keuchte Jonny. Ein paar Atemzüge später schickte er die Erklärung hinterher.

"Was wollt ihr machen, wenn der Mörder sich hinter den Bäumen versteckt? Ihr steht hier wie auf dem Präsentierteller", spuckte Jonny hervor. Er konnte nicht wissen, wie Recht er mit seiner Aussage hatte.

Von seinem lauschigen Plätzchen auf einem der Bäume beobachtete der Jäger die jungen Leute vor der Hütte. Wie ein nervöser Bienenschwarm huschten sie aufgebracht hin und her, unfähig eine Lösung zu finden.

Bruchstückhaft drangen aufgeregte Silben an sein Ohr. Nahezu voyeuristisch musterte der Jäger, den neue Anführer dieser kleinen Gruppe und saugte die Wortfetzen begierig auf.

Der Hippie stritt sich mit dem jungen Mann mit den Stoppelhaaren. Gemeinsam sollten sie die Suche nach ihrer Freundin fortsetzen. Doch sein Freund weigerte sich beharrlich. Er hatte keine Lust, Räuber und Gendarm mit einem Killer zu spielen. Wogegen die Frau im Bunde nicht ohne ihre Freundin fort von hier gehen wollte. Was zu einer lautstarken Debatte vor der Hütte führte.

Belustigt beobachtete der Jäger, wie sein Widersacher sich schnaufend der Gruppe näherte. Da registrierte er zum ersten Mal, dass zwei Touristen fehlten. Logischerweise waren ihm die Schreie im Wald nicht verborgen geblieben, weswegen er annahm, dass ein Pärchen in eine seiner Fallen getappt war. Bei dem Gedanken spielte ein niederträchtiges Lächeln um die grausamen Lippen. Amüsiert sah er durch sein Fernrohr von seinem Gewehr, wie der Hüne sich abmühte, die wild gewordene Bande in die Hütte zu lotsen.

"Du wirst nie den wildgewordenen Haufen, den die Kids darstellen, meistern. Da helfen dir auch deine Erfahrungen in der Einsamkeit nicht." Kurz überlegt der Jäger, ob er seinen Widersacher einfach abknallt, entschließt sich jedoch anders und sinniert weiter vor sich hin: „Heute musst du dich nicht mehr hinter einem Weiberrock verstecken, wie früher. Aber bist du mir überlegen? Kannst du den Kampf gegen mich aufnehmen? Wir werden sehen." Bedächtig hangelte sich der Jäger von seinem Aussichtspunkt und warf einen letzten Blick auf die friedlich daliegende Hütte. Da bemerkte er, wie die Tür sich erneut öffnete.

Jonny trat mit zusammengekniffenen Augen aus dem Reich des Schattens hervor. Wie ein Riese von einem Mann stand er auf der Veranda und schaute in die Richtung seines Feindes. Schnell zog sich der Jäger tiefer in das Halbdunkel der Bäume zurück und verfluchte dieses Bildnis des männlichen Geschlechts.

"Jetzt spielst du den starken Mann! Aber als du deine Freundin tot aufgefunden hattest, hat es dich innerlich zerrissen. Wie ein Baby hast du schluchzend im Garten vor ihrem Haus gelegen." Er hatte gehofft, seinem Rivalen den Lebensinhalt geraubt zu haben. Umso erstaunter war er, Jonny nicht gebrochen davon schleichen zu sehen. Stattdessen stand er tonangebend auf der Veranda, um sein Terrain zu sondieren.

"Ich werde dich noch klein bekommen. Du wirst nicht mehr lange erhobenen Hauptes nach mir suchen. Ich werde dich an deine eigenen Abgründe erinnern und dir deine neuen Freunde nehmen, genauso wie die Lehrerstochter. Du wirst nie mehr vergessen, wie du deine Freunde ausgeweidet vorgefunden hast. Ich werde dich leiden lassen, dir die Hölle auf Erden bescheren. Genauso wie ich sie deinetwegen erlebt habe. Ich werde dich nicht einfach töten. Nein, ich werde dir langsam deinen Lebenswillen nehmen, bis du mich anflehst, deiner armseligen Existenz ein Ende zu setzen. Für jedes Jahr, das du mir mit meiner Familie weggenommen hast, wirst du bezahlen und Schmerzen erleiden. Fern jeder Zivilisation wirst du deinen letzten Atemzug aushauchen. Schweden ist ein großes Land. Niemand wird dich vermissen. Niemand nach dir suchen. Ich habe dir jetzt schon alles genommen, was dir lieb und teuer war. Du wirst mit mir einen Weg gehen, den du nie zu träumen gewagt hättest. Genieß deine letzten Stunden in Freiheit, denn bald gehörst du mir und dann gibt es kein Entrinnen. Dein Schicksal wird auf ewig mit meinem verbunden sein." In seine Erinnerungen versunken, bemerkte der Jäger zuerst nicht, wie Jonny näher rückte. Aufgeschreckt vom Brechen eines Astes, schlich sich der Jäger raubtierhaft fort. Er setzte zufrieden seinen Weg zu seinem Weib fort.

Zuerst überlegte der Jäger, ob er in seiner Höhle nach dem Rechten sehen sollte, doch nach ein paar Metern entschied er sich anders. Einem Impuls folgend verlangte es ihn danach, sein heimtückisches Spiel mit Jonny augenblicklich fortzusetzen. Wachsam huschte er von Baum zu Baum, bis er sich hinter dem Erzfeind befand. Ein diabolisches Grinsen lag auf seinen Lippen. Die Hände zu einem Trichter geformt, sprach er mit tiefer, verstellter Stimme: "Hier bin ich. Genau hinter dir." Schnell sprang er auf und schlich nahezu lautlos ein paar Bäume weiter.

"Du wirst mich niemals finden. Ich bin überall und nirgends." Sobald der Jäger seine Rufe beendete, eilte er weiter, kauerte sich hinter den nächsten Baum oder Felsen und wiederholte das Spiel.

Der erste Ruf ließ Jonny zusammenzucken und sich vor Aufregung im Kreis drehen, doch schnell durchschaute er das Spielchen seines Widersachers. Er wollte nicht wie ein blindes Huhn in eine Falle des Jägers tappen, also wartete er in einer sicheren Deckung auf die nächsten Schritte seines Widersachers. Inständig hoffte Jonny, dass sich nicht ausgerechnet jetzt einer von den jungen Leuten in den Wald wagte. Zwischen den Bäumen versuchte er, einen Blick auf die Hütte zu werfen, doch zu viele Äste versperrten ihm die Sicht. Da hörte er schwere Schritte hinter sich.

"Eins. Zwei. Drei", zählte Jonny im Geiste mit, um im richtigen Moment aus seinem Versteck hervorzuspringen. Jeden Muskel angespannt, wartete Jonny darauf, zu reagieren.

Pfeilschnell schoss er hinter der Deckung hervor und überrumpelte den Jäger durch sein jähes Auftauchen. Sekundenlang starrten die Männer einander feindselig an. Jeweils unfähig, sich zu bewegen, stierten sie dem anderen voller Misstrauen in die Augen. Langsam bewegten sie sich im Kreis, umtanzten sich wie zwei Liebende. Dabei zog der Jäger langsam sein Messer aus der Scheide und wappnete sich, mit leicht nach vorn gebeugtem Oberkörper zum Kampf. Jonny erkannte die Anzeichen und er hob beschwichtigend die Hände.

"Ich will nur reden." Weiter kam er nicht. Der Jäger stach blitzschnell zu und das Messer drang tief in die linke Seite seines Gegners.

Das zufriedene Lächeln des Jägers brannte sich in Jonnys Netzhaut wie der Schmerz in seinen Körper. Eine heiße Welle der Qual überschüttete ihn, als sein Widersacher das Messer genüsslich umdrehte, ehe er es mit einem kräftigen Zug wieder herausriss. Scharf sog Jonny die Luft durch die zusammengebissenen Zähne und schaute entgeistert an sich hinunter. Blut rann unter seinem Hemd hervor. Langsam registrierte sein Gehirn die Verletzung, bevor der Schmerz einsetzte.

Jonny vermutete, dass es keine lebensbedrohliche Wunde war. Dennoch sollte er sie schnellstmöglich verbinden. Unter schmerzverzerrtem Gesicht presste er sich ein Taschentuch auf die Wunde und drückte eine Hand fest darauf.

Sekundenlang hatte Jonny seinen Angreifer vergessen, was dieser nutzte, um sich zurückzuziehen. Dies war nicht der Augenblick, es zu beenden. Im Endeffekt wollte er mit seinem jahrzehntelangen Feind spielen, sich an dessen Schmerzen weiden und ihn leiden sehen. Was er auf keinen Fall wollte, war, ihn in seiner Wut abzustechen wie einen räudigen Köter. Das wäre nicht angemessen. Zudem musste er erst verwinden, dass sein Widersacher ihn so hatte überrumpeln können.

"So ein ausgefuchstes Schlitzohr. Wie hat er es geschafft, mich so zu überraschen? Ein unverzeihlicher Fehler. Jetzt kennt er mein Gesicht. Aber das wird ihm nichts nützen." Das fiese Lachen, das dem Jäger die Kehle hinaufkroch, bedeutete nichts Positives. Sein ursprünglicher Plan, Jonny zu schnappen und zu verschleppen, war eindeutig gescheitert. Um diese Frustration zu verarbeiten, beschloss er, seinem Weib einen Besuch abzustatten.

Der Gedanke an die rothaarige Schönheit ließ sein Herz schneller schlagen. Sie war noch nicht soweit, ihn als ihren zukünftigen Mann und Gebieter anzusehen, aber das würde sich bald ändern. Wenn Miss üppiger Busen erst einmal verstanden hatte, dass es kein Entkommen gab, würde sie sich schon in ihr Schicksal fügen. Der kräftigen Stammhalter und ihr gemeinsames Glück würden bis ins hohe Alter anhalten.

Jonny presste ein Taschentuch auf seine Wunde, und obwohl ihm die Verblüffung ins Gesicht geschrieben stand, konnte er nicht umhin, dem Jäger sogar ein wenig Respekt zu zollen. Nie hätte er ihm diese Schnelligkeit und Geistesgegenwart zugetraut. Er war nicht nur ein kaltblütiger Mörder, er war auch gewitzt und schlau. Das machte ihn zu einem gefährlichen Gegner.

Zustechen und verschwinden. Warum hatte er das getan? Warum hatte er Jonnys Leben nicht endgültig ein Ende gesetzt? Weswegen veranstaltete er dieses ganze Theater? Für Jonny war es ein Rätsel. Ein Rätsel, das es zu lösen galt, und genau das hatte er vor. Er wollte herausbekommen, warum dieser heimtückische Mörder seine Freunde auf diese bestialische Art getötet hatte. Es musste doch einen Grund geben, weshalb dieses Raubtier Menschen abschlachtete und ausweidete. Das konnten nur Rachegelüste sein. Aber was hatte das mit ihm zu tun?

Ohne Rücksicht auf seine Verletzung wollte er die Verfolgung aufnehmen, musste aber schon nach wenigen Metern feststellen, dass er durch den stetigen Blutverlust geschwächt wurde. Er war gezwungen, die Verfolgung abzubrechen und sich erst einmal um sich zu kümmern. Schwer atmend stand er an einem Baum und verfluchte sich und seine Hilflosigkeit.

Angeschlagen schleppte Jonny sich zur Olsen Hütte zurück. Mit letzter Kraft hievte er sich die wenigen Stufen zur Eingangstür hinauf. Die roten Flecken auf Jonnys Kleidung hatten sich inzwischen ausgebreitet und die ersten Blutstropfen liefen ihn am Bein in den Schuh. Was bei jedem Schritt ein schaurig schmatzendes Geräusch verursachte. Kraftlos stolperte er zur Tür herein und bevor Jonny wie ein Mehlsack den langen Weg zu Boden fallen konnte, halfen ihm Denny und Jasper auf das Sofa.

"Ach du Scheiße, was ist denn mit dir passiert?" Jasper beugte sich besorgt über den großen Mann, während Monika, die kein Blut sehen konnte, augenblicklich in Ohnmacht fiel. Sandra zerschnitt inzwischen entschieden Jonnys Kleidung und schaute sich die Verletzung genauer an. Mit zitternden Händen säuberte sie die Wunde und legte einen festen Verband an. Sie gab ihm eine der Schmerztabletten, die sie immer dabeihatte.

Die Jungs standen hilflos herum und beobachteten Sandras geübte Handgriffe. Ihre selbstlose Arbeit lenkte sie für einen kurzen Augenblick von ihrem eigenen schmerzlichen Verlust ab. Die Freunde kümmerten sich derweil um die ohnmächtige Monika. Betteten ihren Kopf sachte auf ein Kissen. Legten ihre Beine auf einen Hocker und fächerten ihr Luft zu. Kaum waren sie mit der Ohnmächtigen fertig, befestigte Sandra das letzte Pflaster am Verband.

Höflich bedankte sich Jonny, da überfiel Jasper ihn schon mit Fragen: "Hast du Kimberly gefunden? Wer war das? Verdammt wieso bist du allein unterwegs gewesen? Du wolltest doch nur nach dem Rechten sehen!" Er versuchte, Antworten aus Jonny herauszuquetschen, obwohl ihm die Sinne schwanden. Ächzend richtete er sich auf und mit schleppender Stimme berichtete Jonny.

Das ihm vor der Tür ein unbestimmtes Gefühl überkam. Er empfand, dass jede seiner Bewegungen beobachtet wurden.

Dem ungewissen Gefühl auf den Grund gehend, lief er ein paar Meter in den Wald. In knappen Worten erzählte Jonny mit schleppender Stimme von den Spielchen, die der Jäger mit ihm spielte und wie es zu seiner Verwundung kam. Kaum war er fertig, streckte er sich auf dem Sofa aus und schlief erschöpft ein.

Die Suche nach Kimberly geht in die nächste Phase

Am nächsten Morgen hatte Jonny sich erholt. Er wollte trotz seiner Verletzung die Suche nach Kimberly fortsetzen.

"Wir verlassen die Hütte nicht mehr ohne Waffen. Mein Gewehr und das Messer reichen nicht aus, um uns zu verteidigen. Jeder von uns brauch eine Waffe, mit der er sein Leben beschützt", Jonny sah sich in der Hütte nach möglichen Waffen für Jasper und seine Freunde um. Außer einem altersschwachen Beil, zum Holzhacken, und einem stumpfen Küchenmesser fand er nichts Brauchbares. Die rostige Schere ließ er liegen. Resignierend zuckte er mit den Schultern und erklärte den anderen seinen Plan.

"Wir müssen in die Berge. Dort gibt es Höhlen, die durch verwinkelte Gänge untereinander verbunden sind. Er kann sich nur dort mit deiner Kimberly verstecken. Wir verbarrikadieren die meisten Ausgänge und treiben ihn in die Enge."

"Das wird niemals hinhauen. Woher weißt du, in welcher der Höhlen er sich befindet? Es gibt doch vermutlich mehr wie eine davon und wenn du die Richtige entdeckst, von wie vielen Ausgängen sprechen wir? Dann kommt das nächste Problem, wie versperren wir die Höhleneingänge?", fragte Denny. Jonny schaute den jungen Mann verdutzt an. Mit solch einem Schwall an Fragen hatte er nicht gerechnet. Bis zu diesem Tage befand er sich noch nie in solch einer schwierigen Situation, weshalb er lapidar antwortete: "Das entscheiden wir vor Ort. Aber je mehr wir sind, desto bessere Chancen haben wir, ihn aus seiner Höhle zu treiben."

"Und Kimberly zu finden", warf Jasper begeistert ein. Jonny war sich nicht sicher, ob das Mädchen überhaupt noch lebt, weswegen er sich einen Kommentar sparte.

"Wir jagen ihn durch die Höhlen wie ein Stück Vieh. Wenn wir ihn gefangen haben, werde ich Kimberly rächen und ihn abschlachten. Seinen Kopf einschlagen und den Rest den Wölfen zum Fraß vorwerfen." Voller Hass spie Jasper die Worte heraus, wobei ihn seine Freunde anschauten, als ob er geisteskrank wäre.

"Ist ja gut. Wir werden Kimberly finden und dann für immer von hier verschwinden", versuchte Denny seinen Kumpel zu beruhigen. Jasper, dem das

Unbehagen der anderen nicht entging, fragte jeden Einzelnen nach seiner Meinung.

"Wer von euch kommt mit? Oder seid ihr zu feige? Sandra? Monika? Denny? Gestern wolltet ihr die Suche der Polizei überlassen, seid ihr heute immer noch dieser Meinung?"

Still schauten sich die Freunde an, bis Sandra das Schweigen brach: "Was glaubt ihr, lebt Kimberly überhaupt noch? Sie ist jetzt seit zwei Tagen in seiner Gewalt. Was ist, wenn wir uns umsonst in Lebensgefahr begeben? Oder er sie woandershin verschleppt hat? Ist es hundertprozentig sicher, dass er sich in diesem Höhlengeflecht aufhält? Vergesst nicht, was mit Markus passiert ist." Leise sprach Sandra die Gedanken der anderen aus.

"Waaassss? Was bist du denn für eine Freundin!", geiferte Jasper los. "Wie kannst du nur davon ausgehen, dass Kim tot ist? Weil Markus in diese beschissene Grube gefallen und dabei verblutet ist, muss Kim nicht das gleiche Schicksal ereilt haben." Fassungslos stand Jasper da und starrte Sandra an.

"Was soll´s. Auf solche Freunde kann ich verzichten. Ihr könnt mich alle mal. Ich suche Kimberly und ihr verkriecht euch hier

in der Hütte, lausige Angsthasen."
Resignierend stampfte Jasper mit dem
Küchenmesser in der Hand davon. Jonny,
der dieser bizarren Debatte still beigewohnt
hatte, konnte dem jungen Mann nur
zustimmen. Seine eigenen Freunde hatte
Jonny unwiderruflich verloren und er wollte
nicht, dass Jasper das gleiche Schicksal
ereilte. Denn, was würde er nicht alles
geben, um seine Freunde lebendig
wiederzusehen? Deshalb würde er nichts
unversucht lassen, Jasper die Freundin
zurückzubringen. Lebend!

Ratlos blieben die anderen drei in der
Hütte zurück. Vorwurfsvoll schauten sie
einander an, bis jeder dem Blick des
anderen auswich. Dann räusperte sich
Denny.

"Ich werde Jasper suchen helfen,
kommst du mit?", wandte er sich an seine
Freundin, die nur stumm nickte. Denny griff
sich das Beil und für Monika holte er ein
kleines Schälmesser. Ohne ein weiteres
Wort ließen sie Sandra allein in der Hütte
zurück, die die Polizei über das Funkgerät
zu erreichen versuchte. Draußen schauten
die beiden sich fragend an. Zaghaft, völlig
untypisch für Monika, ergriff sie das Wort
und fragte Denny, wie es weiterging. Wohin

sollten sie gehen? Jasper und Jonny waren schon vom dichten Geflecht der Bäume verschluckt. Unschlüssig standen sie da, bis Denny die Blutstropfen entdeckte.

"Komm, wir folgen dem Blut." Erst jetzt bemerkte Monika vereinzelte getrocknete Blutstropfen, die Jonny hinterlassen hatte, als er am vergangenen Tag zu ihnen in die Hütte gestolpert war. Einige Minuten liefen sie schweigend nebeneinander her. Dann konnte Denny seine Gedanken nicht mehr an sich halten.

"Findest du nicht auch, dass Jasper übertrieben hat? Er hätte nicht gleich so ausrasten brauchen. Letztendlich können wir nichts für Kimberlys Verschwinden", mutmaßte Denny.

"Wie würdest du reagieren, wenn ich spurlos verschwunden wäre?" Denny ließ die Frage unbeantwortet, woraufhin Monika ohne Punkt und Komma weitersprach.

"Ich fand den Kommentar von Sandra reichlich schräg. Wirft sie Jasper an den Kopf, dass Kim tot ist und jede Suche vergebene Liebesmühe wäre. Das war schon heftig."

"Der Tod von Markus hallt in ihr noch nach. Vermutlich war es nur der Frust, der aus ihr sprach. Obwohl sie gar nicht so unrecht hatte. Wir wissen nicht, ob Kim noch lebt. Dazu kommt, dass wir nur Touristen in diesem Land sind. Warum schalten wir nicht endlich die Polizei mit ein? Das wäre eine richtige Chance für Kimberly. Schließlich sind sie dafür zuständig und kennen sich hier aus, im Gegensatz zu uns."

"Das heißt, wenn ich entführt worden wäre, würdest du in der Hütte sitzen und Däumchen drehen?", konnte Monika sich ihren Kommentar nicht verkneifen. Seufzend resignierte Denny. Diese Diskussion war sinnlos. Wortlos liefen sie nebeneinander weiter, ohne überhaupt zu wissen wohin.

Unterdessen versuchte Sandra sich abzulenken. Die Stille in der Hütte beförderte ihre Nervosität in neue Höhen. Wütend nahm sie das Kofferpacken in Angriff. Sie würde keine Minute länger hierbleiben. Stinksauer über sich und ihre große Klappe, schmiss sie die Kleidung in den Reisekoffer, wobei sie ihre sogenannten Freunde lautstark verfluchte.

"Schöne Freunde habe ich da. Markus ist auf tragische Weise ums Leben gekommen und sie lassen mich hier allein in der Einöde zurück." Vertieft in ihrer

Hilflosigkeit und voller Unverständnis über die anderen, bemerkte Sandra nicht, wie die Haustür sich leise öffnete.

Lautlos schlich sich der Jäger in die Hütte. Vorsichtig spähte er in das Zimmer und sah die Wasserstoffblondine in heller Aufregung umherstolzieren. Bei diesem Anblick fuhr ihm ein erregender Schauer in den Schritt.

"Habe ich mir etwa die Falsche ausgesucht?", schoss es ihm durch den Kopf.

"Warum sollte ich sie nicht mitnehmen? Ihr Freund ist tot, was eine perfekte Voraussetzung für mich wäre. Und ich hätte ein Druckmittel, wenn die Rothaarige herumzickt." Grübelnd stand der Jäger beim Sofa und beobachtete Sandra.

In ihrer Aufregung bemerkte sie den fremden Mann erst, als sie im Hauptraum unvermittelt auf ihn stieß. Leichtfüßig und mit einem hämischen Grinsen kam er auf sie zu. Mit drei schnellen Schritten war er fast schon bei ihr.

Sandra, die zur Salzsäule erstarrt dastand und den Kerl verwirrt anstarrte, war außerstande, sich zu bewegen. Sie konnte das plötzliche Erscheinen des Fremden nicht einordnen, zu sehr war sie mit der eigenen Lebenskrise beschäftigt gewesen. Dann machte er einen weiteren Schritt auf sie zu.

Sandra erwachte aus ihrer Starre und rannte in ihr Zimmer, griff sich ihre Handtasche und wollte durchs Fenster zu flüchten. Mit einer Hand öffnete sie die Fensterflügel und mit der anderen wühlte sie in dem schweren Beutel herum. Endlich fand sie, wonach sie gesucht hatte. Achtlos ließ sie ihre Tasche fallen, doch es war zu spät. Ein fester Griff in ihre Haare und sie fand sich auf dem Boden neben ihrer Handtasche wieder. Die kleine Beretta, die sie heimlich in ihrem Besitz befand, war ihr beim Sturz aus der Hand entglitten und unters Bett gerutscht. Verzweifelt vollführte sie eine halbe Drehung. Aber der Jäger war schneller und hielt sie zurück. Immer hektischer versuchte sie, den Eindringling abzuschütteln. Doch ihre Chancen, den ungleichen Kampf zu gewinnen, waren gleich null.

Der Jäger drückte ihren Arm nach oben, während er versuchte, sie völlig unter Kontrolle zu bekommen. Doch Sandra wehrte sich verbissen. Sein Schweißgeruch drang ihr empfindlich in die Nase, als sie sich in seinem Griff drehte und schmerzhaft sie ihre Arme verrenkte. Das Gerangel schien nicht enden zu wollen, doch dann schaffte sie es, einen Arm freizubekommen. Sofort tastete sie nach der Pistole, doch erneut war der Jäger schneller.

Dem Mann riss der Geduldsfaden. Obwohl ihm dieses Handgemenge Spaß machte, wurde er der direkten Konfrontation müde. Mit einem gekonnten Faustschlag setzte er Sandra außer Gefecht. Wie ein leerer Mehlsack sackte die junge Frau in sich zusammen, während der Jäger sich die Pistole angelte.

"Du kleines Miststück wolltest mich erschießen?!" Wütend trat er nach der auf dem Boden liegenden Frau. Immer und immer wieder bohrte sich die Spitze seines Schuhes in ihren Bauch, traf sie am Kopf und in die Nieren. Reflexhaft rollte Sandra sich in Embryonalstellung, obwohl ihr das nichts half. In besinnungsloser Rage trat, boxte und schlug der Jäger auf sein Opfer ein. Schweißnass und außer Atem, fiel er ausgepumpt neben ihr auf die Knie. Angewidert von dem Anblick der blutigen Matsche, neigte er seinen Kopf zur Seite. Er hatte das Gesicht der jungen Frau zu einer einzigen breiigen Masse zerschlagen.

"Verfluchter Mist, es hätte so schön mit uns werden können. Warum musstest du versuchen, mich umzubringen?" Enttäuscht schaute er auf die Frau hinunter.

"Du wolltest es nicht anders. Jetzt werde ich dich für deine Freunde herrichten. Sie sollen sehen, wie du gekämpft und verloren hast. Sie müssen verstehen, dass sie das gleiche Schicksal ereilt." Sein Gesicht glich einer teuflischen Fratze. Er zog Sandra in den Hauptraum, als vor dem Haus Stimmen erklangen. Dem Jäger blieb keine Zeit mehr, die große Bärenkralle an der Toten zu hinterlassen, denn überdeutlich drang schon das Ächzen der Stufen an sein Ohr. In letzter Sekunde schaffte er es, zum Anbau bei den Konserven zu flüchten. Mit pochendem Herzen tauchte er hinter den Regalen ab, da öffnete sich leise quietschend die Tür.

Denny und Monika

"Hör zu, es tut mir leid. Okay? Woher sollte ich wissen, dass es nur Wildschweine waren, die da durchs Unterholz laufen. Ich nahm an, es sei dieser..."

"Lass es gut sein", fauchte Monika. Ihre größte Wut war verraucht, nur das gekränkte Ego kämpfte mit dem unfreiwilligen Kontakt mit den Brennnesseln im Unterholz, in die Denny sie aus lauter Angst vor dem Jäger reingeschmissen hatte. Er begriff zu spät, dass der heimtückische Mörder nicht wie ein wilder Stier durchs Unterholz brechen würde, um seine Freundin zu entführen. Leider kam diese Erkenntnis für Monika zu spät. Ihr Körper war übersät mit kleinen roten Quaddeln, die fürchterlich juckten.

"Ich lasse dir ein kühles Bad ein. Du wirst sehen, den Juckreiz ist dann gleich verschwunden." Denny versuchte in jeder erdenklichen Form, den angerichteten Schaden wiedergutzumachen. Zuvorkommend hielt er ihr die Haustür auf. Doch Monika lief ohne ein Wort des Dankes eingeschnappt an ihm vorbei. Seufzend verriegelte er die Tür. Der fremdartige

Geruch, der ihm in die Nase stieg, ließ ihn in seiner Bewegung innehalten.

"Hier riecht es aber komisch." Denny hatte kaum ausgesprochen, da durchdrang ein markerschütternder Schrei die Hütte. Kreidebleich stand Monika mitten im Raum und schaute wie gebannt zu Sandras Schlafzimmertür. Ein eiskalter Schauer kroch ihren Rücken hinauf. Zugleich wurde ihr speiübel.

Aufgeregt stürzte Denny zu seiner Freundin und folgte ihrem starren Blick.

"Oh Gott, was ist denn hier passiert?", brachte er stotternd hervor.

In Tränen aufgelöst meinte Monika: 'Das ist, nein das war Sandra. Schau dir nur ihr Gesicht an." Der Schock saß tief in ihr. Mit weichen Knien drehte sie sich weg und schleppte sich mit letzter Kraft zum Sofa, auf den sie sich fallen ließ.

Wie vom Donner gerührt stand Denny da und konnte den Blick nicht von dem Leichnam nehmen. Der Anblick gruselte ihn und doch konnte er das bizarre Schauspiel nicht aus den Augen lassen.

Zwischen zwei Schluchzern raunte Monika: "Hier kann ich nicht bleiben", und rannte zur Tür hinaus, die sie sperrangelweit offen stehenließ. Langsam erwachte Denny aus seiner Trance. Mit der Bettdecke deckte er den toten Körper zu und wandte sich nach draußen. In der freien Natur schaute er sich suchend nach seiner Freundin um. Er entdeckte Monika völlig aufgelöst bei den Booten. Wie ein Häufchen Elend saß sie zusammengesackt auf dem Bootssteg und wippte in ihrer Trauer vor und zurück. Schnell lief Denny zu ihr und schlang die Arme um sie. Minutenlang verharrten sie in dieser Position und ließen den Anblick ihrer toten Freundin sacken.

Nachdem es in der Hütte still geworden war, spähte der Jäger argwöhnisch um die Ecke. Der Wohnbereich lag menschenleer vor ihm. Fast. Sandras lebloser Körper lag zugedeckt zwischen Tür und Angel. Zielsicher lief er auf sein Opfer zu und zückte im Laufen die Bärentatze und zog sie wie ein Handschuh über seine Hand. Schmatzend kämpfte sich die scharfe Kralle durch das Gewebe von Sandras Haut. Fünf tiefe blutige Linien durchzogen ihren Körper von der Brust bis zum Schamansatz.

"Schade, dass wir nicht mehr Zeit miteinander hatten. Ich hätte zu gern dein blutendes Herz in den Händen gehalten." Er warf einen letzten enttäuschten Blick auf

Sandras Körper, bevor er sich seiner Flucht widmete.

Vorsichtig schaute er durch eines der Fenster. Er entdeckte das Pärchen bei den Kanus, wodurch seine Flucht zur Vordertür hinaus, vereitelt wurde. Dem Jäger blieb nichts anderes übrig, als durch eines der hinteren Fenster zu verschwinden. Am Waldrand drehte er sich um. Im Flüsterton bekundete der Jäger seinen Plan: "Ihr werdet mir nicht entkommen."

Monika rieb permanent über Arme und Beine. Sie war kurz davor ihre Gliedmaßen blutig zu kratzen. Nicht nur die Brennnesseln machten ihr zu schaffen. Die mörderische Situation ging ihr nicht nur an die Nieren, sondern auch an die Nerven.

"Ich kann nicht mehr", stieß sie mit brechender Stimme hervor.

"Erst Markus und jetzt Sandra. Und das Schlimmste ist, von Kim fehlt immer noch jede Spur."

Denny, den die gleichen Gedanken plagten, nahm seine Freundin fürsorglich in die Arme und beichtete ihr seine nächsten Schritte.

"Hör zu, wir müssen etwas gegen deinen Juckreiz unternehmen und dann suchen wir Jasper." Denny schaute seine Freundin liebevoll an.

"Vergiss es, mich bringen keine zehn Pferde mehr in diese Hütte!", fauchte Monika.

"Aber...", versuchte Denny sein Glück, sein Herzblatt umzustimmen.

"Nein! Ich bleibe auf keinen Fall allein hier draußen", wütend schaute sie ihren Freund an. Verzweifelt suchte der junge Mann nach einem Ausweg.

"Wir machen es so, du kommst mit bis..."

"Vergiss es", fauchte Monika.

"Lass mich erst einmal ausreden. Du bleibst an der Tür stehen. Dabei kannst du Ausschau nach Jasper oder den Mörder halten." Scharf zog Monika die Luft ein, als Denny die Realität aussprach.

"Ich hole deine Sachen und wenn du jemanden kommen siehst, brüllst du laut. Ich bin nur ein paar Schritte von dir entfernt und kann gleich bei dir sein."

"Nein, wir machen es so, ich tauche im Fluss unter. So kann ich meine Wunden abkühlen und ich werde jeden bemerken, der versuchen sollte, sich anzuschleichen. Und du beeilst dich! Bitte", hauchte Monika, wobei sie das flaue Gefühl im Magen ignorierte. Denny stürmte hinein, warf im Vorbeilaufen einen flüchtigen Blick auf Sandra und blieb abrupt stehen. Er traute seinen Augen nicht.

"Ich habe doch die Decke über ihren Körper ... Ach du scheiße, was ist denn hier passiert?", panisch stürmte Denny nach draußen.

"Monika, Monika komm schnell, wir ...", und schon wieder fiel Denny in den nächsten Schock. Wo war seine Freundin geblieben? Sie war wie vom Erdboden verschwunden. Sie war nicht bei den Kanus und auch nicht auf dem Steg. Doch dann fiel ihm buchstäblich ein Stein vom Herzen. Prustend und spuckend tauchte Monika aus dem Wasser auf.

"Komm raus da, sofort", brüllte er seine Freundin an, die ihn nur verständnislos anschaute. Denny stürmte wie ein Besessener ins Wasser, zerrte seine Freundin hinaus, drückte ihr die getragene, verschwitze Kleidung in die Hände und zog sie unsanft hinter sich her in Richtung Wald.

"Verdammt Denny, was ist los?", fluchte Monika und zog sich im Laufen ihre Kleidung an.

"Er ist in der Hütte."

"Was? Wer?"

"Verdammt noch mal, der Jäger, wer denn sonst", fauchte Denny los, bevor er etwas gedrosselter mit seiner Erzählung fortfuhr. "Ich hatte Sandra eine Decke über den Körper gelegt, um den Anblick zu verbergen. Ich ging also in die Hütte, um deine Sachen holen wollte. Da war die Decke zur Seite gezogen und ihr Körper war von abscheulichen Kratzspuren überzogen. Die waren vorher nicht da! Verstehst du denn nicht?", kurz holte Denny tief Luft.

"Er war die ganze Zeit in der Hütte und hat uns beobachtet. Wir enden als seine nächsten Opfer. Komm wir müssen unbedingt Jasper und diesen Jonny finden."

Monika, die keine Zeit bekam, zu antworten, wurde von Denny hinter sich hergezogen. Bis sie genug von seinem Theater hatte, sich losriss und frustriert vor ihm her stampfte. Nach unzähligen Minuten des Schweigens brach Monika dann die Stille.

"Bist du dir sicher, dass wir in die richtige Richtung laufen?"

"Jonny hat etwas von einer Höhle in den Bergen erzählt."

"Ich denke schon, dass wir auf den richtigen Weg sind, wenn du dir die Kuppen da über den Baumwipfel ansiehst."

"Ja ja, Mister Oberschlau, ich sehe die Berggipfel genauso. Ich hatte nur vergessen, dass Jonny davon sprach. Lass uns einen Pfad finden, einmal ein Brennnesselbad reicht mir", meinte Monika und schaute Denny dabei giftig an. Da glaubte sie, aus den Augenwinkeln einen Schatten zu sehen, der von Baum zu Baum huschte.

"Denny, Denny hast du das gesehen?" Angst beherrschte ihre Stimme, als sie sich an Dennys Arm festkrallte.

"Was?!", rief er angespannt. "Was soll ich gesehen haben?"

Sie wollte ihm von dem unheimlichen Schatten erzählen, als sie die Erkenntnis wie ein Faustschlag traf.

"Lauf, Denny!", schrie sie, ehe sie sich umdrehte, panisch durchstartete und im Wald verschwand.

Denny stand wie versteinert da und schaute seiner Freundin aus großen, dümmlich dreinblickenden Augen hinterher. Noch nie hatte er sie so schnell laufen gesehen und erst da fiel bei ihm der Groschen.

"Der Jäger."

Denny war ein sportlicher Mensch, vermochte, trotz alledem, Monika in diesem Geflecht aus Blättern und Ästen nicht einzuholen. Es fehlte jede Spur von ihr, als hätte der Wald sie verschluckt. Vergebens rief er ihren Namen. Nur das Brechen vereinzelter Äste drang an sein Ohr.

"Monika! Wo bist du? Hör auf mit dem Scheiß und zeig dich! Monikaaa!"

Doch Dennys Freundin blieb verschwunden.

"Verdammt, sie war nur ein paar Meter vor mir. Wo steckt sie?" Verzweiflung stieg in Denny auf. Im Zwielicht der Bäume empfand er die Stille erdrückend.

Monika nahm die Beine in die Hand und hoffte, dass Denny ihr folgen würde. Ihre Angst, dem Jäger in die Fänge zu geraten, ließ sie kopflos losrennen. Sie hörte Dennys Rufe, war aber zu aufgeregt, um stehenzubleiben. Gedankenlos stürzte sie durch den Wald, in sicherere Deckung. In ihrer Panik rannte sie nur fort von der unheimlichen Gestalt. Sie hatte keine Ahnung, ob Denny hinter ihr war. Sie wollte nur weg. Weg von dem brutalen Mörder, dem Wald und diesem Land. Nie in ihrem jungen Leben hatte sie ihre Eltern so vermisst, wie in diesen Minuten.

Orientierungslos legte sie atemlos eine Verschnaufpause ein und schaute sich mit flatterndem Herzen um. Trotz des Luftmangels verschlug es ihr den Atem, als sie von Denny nichts mehr hörte. Eine Heidenangst ergriff ihr Herz.

"Denny? Denny!! Dennyyy!", rief sie, zuerst flüsternd, dann verzweifelt und zum Schluss wütend schreiend.

"Denny, wo bist du? Wieso hast du mich hier in dieser Wildnis alleingelassen? Verdammt und zugenäht, Dennnnyy!" Frustriert stampfte sie bei jedem Wort mit dem Fuß auf. Dann schaute sie sich irritiert um, ob sie irgendeinen Anhaltspunkt fand. Soweit konnte sie sich doch nicht von ihm entfernt haben. Durch ihre überstürzte Flucht hatte sie kein Auge für ihre Umgebung gehabt und so drehte sie sich hilflos im Kreis.

Dann fielen ihr Dennys Worte ein: Wenn die Gipfel der Berge rechts von uns sind, dann liegt die Hütte links.

Alles schön und gut, aber wohin soll ich mich wenden? Dennys Weisheit hilft mir nichts, wenn in der alten Hütte der Jäger wartet und Sandras Leichnam vor sich hin fault. Oder ich die falsche Richtung in den

Bergen einschlage, mich hoffnungslos verlaufe und Jasper nicht finde.

Denny, der sich an den Bergen orientierte, ahnte nicht, dass er auf der Suche nach seiner Freundin, geradewegs in sein Verderben rannte.

Er hörte nicht weit entfernt das Knacken von trockenem Geäst. Woraufhin er erleichtert aufatmete. Aus tiefstem Herzen freute er sich, seine Freundin gesund und munter in die Arme schließen zu können.

Der Jäger beobachtete amüsiert das Spektakel bei den Kanus und behielt ihre überstürzte Flucht im Auge. Zufrieden rieb er sich die Hände: Die Jagd konnte beginnen.

"Ihr macht es mir verdammt leicht", triumphierte der Jäger. Aufgeregt verfolgte er den Jungen, wie er hilflos durch den Wald irrte. Heimtückisch näherte er sich seinem Opfer, wobei er geschickt die Geräusche des Waldes imitierte. Er raschelte mit dem tiefhängenden Ästen und trat bewusst auf trockene Zweige. Er versuchte dadurch, die Aufmerksamkeit des Mannes auf sich zu lenken.

Denny, der dem Lärm der knackenden Äste gefolgt war, kämpfte sich tapfer durch das Unterholz. Schwer nach Luft ringend, verweilte er kurz. Er rief lautstark nach seiner Freundin und überhörte somit die Schritte des Jägers.

Denny hörte, wie hinter ihm ein trockener Ast brach und drehte sich euphorisch um. Seine Gedanken rasten und er freute sich, Monika zu sehen. Allerdings war der Anblick, dem er gegenüberstand, ein anderer, wie er erwartet hatte.

Die letzten Meter hatte der Jäger sich herangepirscht. Mit einem sauberen Schnitt durchtrennte er Dennys Kehle. Eine Blutfontäne spritzte ihm ins Gesicht, als der junge Mann mit einem heiseren Gurgeln auf den Lippen zusammensackte. In einer fließenden Bewegung fing der Jäger den Körper auf und ließ ihn auf die herabgefallenen Blätter gleiten.

"Deine Freundin wird bei mir in Sicherheit sein." Leise sprach der Jäger zu dem Sterbenden vor ihm.

"Aber für dich habe ich mir etwas Besonderes einfallen lassen. Ich werde dir den Bauch aufschneiden und deine Gedärme freilegen. Du wirst eine ausgezeichnete Nahrungsquelle für die Wildtiere abgeben. In ihren Körpern lebst du weiter. Und wenn der Elch, der Wolf oder der Fuchs dich ausscheiden, erlebst du die

Wiedergeburt in Käfern und Insekten. Ab jetzt gehörst du zum Kreislauf dieses Waldes." Sein zu einer hämischen Fratze verzogenes Gesicht, spiegelte das gesamte Ausmaß seines Irrsinns wider, doch Denny hatte die Worte nicht mehr gehört.

Mit einem reißenden Geräusch entfernte der Jäger Dennys Kleidung. Er setzte die gleiche scharfe Kralle wie bei Sandra an und riss den Körper vom Bauchnabel bis zum Hals auf. Das warme Blut floss über seine Hände, und begierig leckte er es ab. Im Blutrausch riss der Jäger die Gedärme heraus und verteilte sie in einem Rauschzustand um sich. Einzig und allein das Herz des jungen Mannes beäugte er liebevoll. Mit größter Sorgfalt entfernte er den einst so kräftig schlagenden Muskel, wickelte ihn in Blätter und quetschte das bluttriefende Organ in seine Hosentasche.

Zum krönenden Abschluss zog der hinterhältige Mörder mit der Kralle tiefe Spuren in die Stirn seines Opfers. Diese verhakte sich in eine der Augenhöhlen und blieb zum Teil im Auge stecken. Zufrieden mit dieser obskuren Darstellung nickte sein blanker Schädel zustimmend. Gleichmäßige blutige Striemen waren über das Gesicht verteilt und aus dem Auge ragte wie ein

Mahnmal ein Stück der Kralle. Vertieft in der Begutachtung seines Werkes, überhörte der Jäger die Anzeichen der Rückkehr seines Erzfeindes.

Der Wald

"Wieso können wir sie nicht finden?" Weinerlich schallte Jaspers Stimme durch die Bäume. Sie hatten frühzeitig aufgeben müssen, da Jonnys Wunde unerträglich pochte und er sich vor Schmerzen kaum auf den Beinen halten konnte.

Mit einem Hechtsprung brachte sich der Jäger in letzter Sekunde in Sicherheit. Der gleiche alte Baum, hinter dem er sich schon einmal versteckte, gab ihm die gewünschte Deckung. Keine fünfzig Schritte entfernt zogen Jasper und Jonny laut schnatternd an ihm vorbei.

"Wir finden sie. Bei der Größe dieses Geländes bedarf es Geduld. Ich brauche eine Nacht Ruhe und morgen früh werden wir wieder aufbrechen." Jonnys Erklärungsversuche klangen lächerlich in Jaspers Ohren.

"Geduld? Scheiße, was redest du da! Meine Freundin befindet sich in den Fängen eines Irren und ich soll mich in Geduld üben?" Jonny hob beschwichtigend seine riesigen Hände.

"Mit ein bisschen Glück haben deine Freunde eine brauchbare Spur gefunden", setzte Jonny hinterher.

"Mmmhhhmmm", erklang das beleidigte Murmeln Jaspers. Den Rest des Wegs bis zur Hütte stiefelten sie schweigend voran.

"Hey, Leute. Jemand zu Hause?" Jasper stieß die Tür mit einem gewaltigen Krachen auf. Jonny, der hinter ihm stand, bemerkte den Geruch zuerst. Dieser leicht süßliche, mit einer gewissen Schwere verbundene Hauch, so als ob Blut Gewicht hätte.

Er schubste Jasper zur Seite und eilte ins Haus. Wie vom Blitz getroffen blieb er mitten im Raum stehen und stierte auf das Verbrechen seines Widersachers.

"Nicht schon wieder", hauchte Jonny verbittert. Jaspers Schritte hallten durch den Raum. Ein unterdrücktes Keuchen entrann seiner Kehle.

"Oh Gott, nein. Nein, nein, nein. Ist das Sandra?" Jasper brach in sich zusammen. Durch gespreizte Finger schaute er auf die abscheulich blutige Szene.

"Wo sind Denny und Monika?" Erschüttert stürmte Jasper zur Tür hinaus. Ein würgendes Geräusch drang an Jonnys Ohr und er hörte, wie Jasper sein Frühstück erbrach. Bevor der Hüne seinem Gefährten nach draußen folgte, untersuchte er den Leichnam genauer. Tiefe, gleichmäßige Rissspuren waren auf dem

Körper sichtbar. Jonnys schlimmste Befürchtungen hatten sich damit bestätigt.

"Wir brauchen die Polizei." In Jonnys Stimme schwang eine bodenlose Traurigkeit mit. Ungeachtet dessen brachten die wenigen Worte bei Jasper das Fass zum Überlaufen.

"Verdammt noch mal, was geht dir im Kopf rum? Zum tausendsten Mal: Meine Freundin ist verschwunden. Da drinnen liegt die tote Freundin meines toten Freundes. Von Denny und Monika fehlt jede Spur und der einzige Kommentar, den du von dir gibst, ist: WIR MÜSSEN DIE POLIZEI VERSTÄNDIGEN?!" Jasper holte tief Luft, ehe er in seiner Litanei fortfuhr: "Du wolltest dir diesen Mistkerl kaufen und Kimberly zurückholen, und was hast du bisher erreicht? Nichts, reinweg gar nichts. Das Einzige was du konntest, war, mich durch die Gegend zu scheuchen. Ich will endlich meine Freundin zurück und ich will … i-ich will …, dass meine Freunde wieder leben." Schluchzend brach Jasper zusammen. Seine Seele hatte in den letzten Tagen furchtbar gelitten, und er konnte seine Tränen nicht länger zurückhalten.

Monika irrte in der Zwischenzeit tiefer in den Wald hinein. Ihr Orientierungssinn hatte ihr einen simplen Streich gespielt; sie sah buchstäblich den Wald vor lauter Bäumen nicht. Zermürbt schwankte ihre Stimmung gewaltig. Mal verfiel sie in hysterische Lachanfälle, nur um im nächsten Moment todunglücklich zu sein.

"Ich will nicht mehr. Ich kann nicht mehr. Wo seid ihr denn nur alle? Warum habt ihr mich alleingelassen?" In Selbstmitleid aufgehend, saß sie auf einem Baumstumpf, starrte stumpfsinnig vor sich hin und hatte jeglichen Mut verloren.

"Nichts weiter als Bäume. Kleine Bäume, große Bäume, dicke Bäume, dünne Bäume. Aber kein Hinweis, wo ich bin oder wo ich hinmuss. Verdammt Denny, du Idiot, warum hast du mich alleingelassen? Wieso hast du Schwachmat mich nur zu diesem Ausflug überredet? Du wusstest, ich bin kein Naturfreund. Ich bin ein Stadtkind und werde es immer bleiben. Warum hast du mich in diese einsame Wildnis verschleppt? Ich hasse dich! Solltest du es je wieder wagen, mir unter die Augen zu kommen, werde ich sie dir auskratzen und darauf herumtrampeln, bis sie Brei sind. Das verspreche ich dir, so wahr ich in diesem beschissenen Wald festsitze!"

Ihrer Wut freien Lauf lassend, redete sie sich in Rage, wobei ihr Tränen der Verzweiflung die Wangen hinunterflossen. Sie fluchte und verfluchte ihren Freund genauso, wie sie ihn sich herbeisehnte.

Monika saß einsam und verloren auf dem Baumstumpf. Sie suhlte sich in Selbstmitleid und bemerkte nicht, wie die Schatten um ihr herum länger wurden.

Mit der Abenddämmerung erwachten neue, für sie fremdartige Töne, die sie in Angst und Schrecken versetzte. Das Fiepen kleiner Nagetiere, das schnaufende Geräusch eines Dachses auf Nahrungssuche oder das Jaulen der Wölfe im Halbdunklen, erschreckten die Städterin und gaben ihrer Fantasie Nahrung.

Verzweifelt kauerte sie sich auf dem Waldboden. Sie wollte keinen Schritt weitergehen. Lieber verbrachte sie die Nacht hinter einem Baumstamm. Während sie den Geräuschen des Waldes lauschte, malte sie sich im Halbschlaf die schlimmsten Horrorgeschichten aus.

Das leise Schreien eines Waldkauzes schreckte sie aus ihrem lebhaften Traum und erneut rannte sie ohne nachzudenken drauflos. Sie wollte nur weg. Weg aus dieser Unwirklichkeit und zurück in die

Zivilisation, wo sie sich auskannte. Ohne auf irgendeinen Weg zu achten, hastete sie querfeldein. Es war dunkel und sie konnte kaum die Hand vor Augen sehen. Erst im allerletzten Moment stoppte sie vor einem steilen Abhang. Keuchend blickte sie den Hang hinunter.

"Das schaff ich nie. Hier komme ich nicht heil herunter. Aber wo soll ich hin?" Wieder den Tränen der Verzweiflung nahe, wagte Monika einen Schritt nach vorn, um einen besseren Überblick zu erhalten.

Ihre Schuhspitze ragte über den Abhang, als knackende Geräusche hinter ihr ertönten. Der Schreck fuhr ihr durch Mark und Bein. Reflexartig drehte sie sich um, wobei ihr Fuß den Halt verlor. Kopfüber stürzte sie die Böschung hinab. Sie schlug mit dem Arm gegen einen Baum und hörte wie ein Knochen brach, ehe sie der Schmerz mit spitzen Nadeln traf. Wie eine Stoffpuppe trudelte sie den Abgrund hinunter.

Aus den Augenwinkeln bemerkte sie eine große Wurzel. Verzweifelt versuchte Monika sie mit der Hand zu erreichen, wobei sie unaufhörlich bergab fiel. Nur wenige Zentimeter trennten ihre Fingerspitzen von der Baumwurzel. Keine Sekunde später verfing sich ihr Bein in einer großen Wurzel.

Der plötzliche Ruck schoss durch ihren gesamten Körper. Ein greller Schrei entwich ihren Lippen, wobei sie wie ein menschliches Pendel kopfüber hin und her schwang.

Monika war meterhoch über dem Boden an einer Wurzel gefangen und hatte obendrein einen gebrochenen Arm. In ihrer Verzweiflung wusste sie nicht, ob sie weinen oder lachen sollte. Dann besann sie sich und rief jammervoll um Hilfe. Ihre Schreie verhallten ungehört. Niemand kam, um sie zu retten.

"Verfluchte Scheiße", brüllte Monika ihre Frustration weit hörbar hinaus. Sie besaß überhaupt kein Talent für Sport. Weshalb ihre Frustration anstieg. Das Blut in ihrem Kopf zirkulierte pochend und sie konnte keinen cleveren Gedanken fassen.

"Und nun? Das hast du wieder einmal super hinbekommen. Jetzt hängst du wie ein abgeschlachtetes Stück Vieh rum, unfähig, dich zu befreien." Um die Stille zu durchbrechen, redete Monika mit sich selbst.

"Okay, schau dir dein Missgeschick an und dann finde verdammt noch mal eine Lösung. Du schaffst das. Streng dich gefälligst an."

Wütend trampelte sie mit dem freien Bein gegen dieses modernde Holz. Ein paar genau platzierte Fußtritte, und die faule Wurzel zerbrach. Augenblicklich stürzte sie erneut den Abhang hinunter, bis sie laut platschend in eiskaltes Wasser eintauchte. Prustend und stöhnend kämpfte sie sich an die Wasseroberfläche und schwamm, ihre letzten Kräfte mobilisierend, mit einem Arm zum Ufer.

Kimberly gibt nicht auf

Kimberly saß in der Höhle fest und hatte keine Ahnung, wie es um ihre Freunde bestellt war. Die Hoffnung auf eine Rettung durch Jasper hatte sie aufgegeben. Sie musste eine Lösung finden, um sich selbst zu befreien. Weswegen sie die Fesseln an dem unebenen Gestein ihres Verlieses rieb. Die Schmerzen, die sie bei jedem erneuten Abrutschen empfand, ignorierte sie. Das blutverschmierte Hanfseil hielt Kimberlys Versuchen nicht mehr lange stand. Nur mit den letzten Fäden musste sie kämpfen. Der Schweiß rann ihre Stirn hinunter, doch aufgeben wollte sie nicht, obwohl sie der Mut zwischendurch verließ.

"Ich schaff das nicht", stöhnte Kim unter Schmerzen. Ihr Handballen rutschte an der rauen Mauer ab und ihr Blut vermischte sich mit den letzten Fäden des dicken Seils. Unter Aufbietung ihrer verbliebenen Kräfte startete sie einen allerletzten Versuch.

Energisch ruckelte und zog sie an den dicken Schnüren. Da endlich kam der ersehnte Ruck und das Seil fiel in zwei Teilen zu Boden.

Fassungslos über ihren kleinen Erfolg rieb sie sich die schmerzenden

Handgelenke, bevor sie ihre Füße von den Fesseln erlöste. Sie öffnete den letzten Knoten, da hörte sie Schritte vor der Höhle. Panisch schlich sie in einen dunklen Seitengang. Überstürzt kroch sie auf allen vieren durch einen schmalen Spalt, stieß sich den Kopf und krabbelte zitternd vor Angst weiter. In ihrer Verzweiflung drang sie immer tiefer in die felsige Finsternis vor.

"Wieso musste diese Bestie in Menschengestalt so früh zurückkommen, wieso nur!", durchflutete es ihre Gedanken. Nach stundenlangem Kampf mit dem dicken Seil hatte sie es endlich geschafft sich zu befreien, und war so nahe daran gewesen, aus dieser gottverdammten Gruft auszubrechen. Warum musste ausgerechnet in dem Moment ihr Entführer auftauchen? Ihr fehlte nur ein paar Minuten und sie wäre in dem Dickicht des Waldes verschwunden gewesen. Erschöpft legte Kimberly eine Pause ein.

In der stockdunklen Finsternis versuchte sie, einen Weg hinaus zu finden. Doch anstatt das sie ein Lichtblick fand, verengte sich der Tunnel, in den sie vor Aufregung gekrochen war, immer mehr.

"Verdammt wo bin ich? Hier komme ich nicht weiter." Erschrocken von ihrer eigenen

Stimme, die - wie es ihr zumindest vorkam – dröhnend durch die Höhlengänge hallte, hielt sie sich den Mund zu.

Ihr blieb nichts anderes übrig, als sich auf den kräftezehrenden Rückweg zu machen. An einer Gabelung überlegte sie fieberhaft, welche Richtung sie einschlagen sollte. Bei ihrer Flucht hatte sie nicht auf den Weg geachtet. Und jetzt saß sie hier, den Tränen nahe, und kämpfte gegen Angst und Frustration an. Nachdem sie sich energisch die Tränen der Verzweiflung abgewischt hatte, sprach sie sich erneut Mut zu.

"Ich komme hier raus. Ich werde nicht in dieser Höhle verrecken. Ich schaffe das! Ich gebe nicht auf, auch wenn der Durst mich umbringt."

Sie kroch durch verschiedene Gänge und immer wieder zurück, wenn die abgestandene Luft zu stickig wurde. Dann endlich erspähte sie einen kleinen Lichtpunkt. Angefeuert von frischem Kampfgeist kroch sie auf diesen hellen Fleck zu, der sich stetig vergrößerte, bis sie schemenhafte Umrisse erkannte. Mit ihren wunden Fuß– und Handflächen bewegte sie sich schnellstmöglich auf das Licht zu. In ihre Orientierungslosigkeit wusste Kim nicht, dass sie zurück in die Nähe ihres Gefängnisses gerobbt war und der Vorratsraum, den sie entdeckte, sich neben der Haupthöhle mit dem rettenden Eingang befand. Sie hatte nur Augen für die schemenhaften Umrisse vor ihr. In dem Halbdunkeln konnte sie Wasserflaschen, Dörrfleisch und Waffen erkennen.

Gierig nahm sie sich eine Flasche des flüssigen Goldes und trank sie in einem Zug aus. Mit ihren Zähnen riss sie ein Stück Dörrfleisch ab und kaute genüsslich darauf herum. Sobald sie die kleine Stärkung hinuntergeschluckt hatte, widmete sie sich den Waffen. Noch nie in ihrem bisherigen Leben hatte sie eine Pistole aus solcher Nähe gesehen. Weshalb sie sich die erstbeste Schusswaffe griff. Neugierig drehte und wendete sie die schwere Waffe in ihrer Hand und begutachtete sie vorsichtig von allen Seiten.

Als sie in der Ecke einen Jutesack entdeckte, füllte sie den mit Wasser, etwas von dem zähen Fleisch und der Pistole. Gewappnet und bereit für neue Herausforderungen schlich sie in die falsche Richtung. Zwängte sich unter den tiefhängenden Steinen hindurch und krabbelte über herumliegende Felsbrocken.

Stunden irrte sie in dem Gewirr dieser Höhle umher, als auf einmal ein frischer Luftzug über ihr verschwitztes Gesicht strich. Schnell erkannte sie den kleinen Punkt, in der ewigen Finsternis. Innerlich jubelnd und jauchzend vor Freude, rannte sie in gebückter Haltung dem Lichtfleck entgegen. Sie atmete die hereinströmende frische Luft tief ein.

Eine wohlige Wärme des Glücksgefühls breitete sich in Kimberly aus. Mit jedem Schritt kam sie dem hellen Lichtpunkt näher. Der lichtdurchtränkte Fleck entpuppte sich als ein kleiner Auszug einflutenden Sonnenlichtes. Beflügelt von der Aussicht auf Freiheit, kletterte sie mit einer ungeahnten Leichtigkeit über das Geröll auf den Ausgang zu. Die Öffnung war zwar klein, aber Kim passte zumindest hindurch. Draußen angekommen, sank sie erleichtert auf die Knie und genoss mit geschlossenen Augen die wärmenden Strahlen.

Ein Blick in die Runde und ihre Freude erhielt einen gewaltigen Dämpfer. Hoch oben in einer steilen Felswand stand sie auf einem kleinen Vorsprung, den die Natur geschaffen hatte. Verzweiflung machte sich erneut in Kimberly breit und sie suchte fieberhaft nach einem Ausweg. Frustriert biss sie in das harte Fleisch und trank einen langen Zug aus der Flasche.

"Das ist doch der blanke Horror. Auf der einen Seite wartet ein mordlustiger Psychopath auf mich und auf der anderen Seite finde ich nur eine steile Felswand, von der ich niemals fortkomme. Verdammter Scheibenkleister, ich bin doch keine Bergziege, die auf solchen Abhängen umherspaziert. Wieso ist das Leben so ungerecht? Was habe ich verbrochen, dass ich hier in dieser Steinwüste festsitze?", schluchzte Kimberly herzzerreißend.

Sie nahm sich die Zeit und verfiel in Selbstmitleid. Ihre Frustration brüllte sie in den nahen Wald. Kaum war das Echo verhallt, stellte sie sich der neuen Situation.

Genauestens musterte sie die Felswände links und rechts. Sie entdeckte kleine Felsvorsprünge, an denen sie sich festhalten konnte, und steinerne Plattformen, die sie als Stütze benutzen würde. Es blieb ihr ohnehin keine andere Wahl, außer zurück in die Höhle und Dunkelheit. Zurück zu der Bestie, der sie erst entkommen war.

Die Steine bohrten sich tief in ihre nackten Fußsohlen. Kimberly biss die

Zähne zusammen und hangelte sich, wie ein Affe, von Vorsprung zu Vorsprung. Eine handliche Spalte diente ihr als Griff. Ihre Zehen setzte sie auf vorstehenden Steinen. So hangelte sie sich besonnen ein Stück nach rechts. Da erblickte sie ihre Rettung. Nur ein paar Meter entfernt waren Karabinerhaken in den Felsen geschlagen worden und ein leuchtend oranges Seil schwang im Luftzug hin und her. Wenn sie das erreichte, wäre es ein Kinderspiel für sie, sich den Berg hinab zu hangeln.

"Du kommst an das Seil. Streng dich ein bisschen an und du bist gerettet. Deine Wunden kannst du nachher lecken", sprach sie sich Mut zu. Nachdem sie die Entfernung zum Strick erkannt hatte. Kimberly hatte zwar keine Höhenangst und doch wurde ihr flau im Magen, als sie sich weit hinüberbeugte, um das Seil zu ergreifen.

"Konzentrier dich oder willst du wie ein Stück menschliches Segeltuch abstürzen! Reiß dich zusammen!" Und doch konnte sie die Tränen nicht zurückhalten. Zu große Erniedrigung, zu viele Schmerzen und Ängste hatten ihrem Gefühlsleben in den letzten Tagen zugesetzt. Es waren Tränen der Erlösung. Mit blutverschmierten

Händen wischte sie das Augenwasser fort. Alles war besser, als in der Gefangenschaft eines gefährlichen Irren festzusitzen. Mit neuem Mut streckte sie ihren Körper und erhaschte mit den Fingerspitzen das Seil. Kim war schon immer sportlich gewesen, sodass sie jetzt die letzte Hürde problemlos meisterte und sich gekonnt nach unten abseilte. Kaum hatte sie den Boden erreicht, fiel sie auf die Knie und küsste die steinharte karge Fläche unter ihren Füßen.

"Du hast mich wieder, geliebte Erde. Ich habe es geschafft!", schrie sie ihre Freude weit hörbar hinaus.

Sie finden sich

Monika erwachte am Flussufer aus der Ohnmacht und traute ihren Ohren nicht. Benommen schüttelte sie den Kopf und lauschte angestrengt. Nach genauerem Hinhören konnte sie aber nur das Plätschern des Wassers ausmachen. Das Pfeifen des Winds übertönte jedes Geräusch. Doch dann, ein Ruf! Ein Schrei! Jubelte da etwa jemand?

War das nicht Kimberlys Stimme? Realität oder Traum? Schwerfällig rappelte sie sich auf und schaute verstört um sich.

"Was ist passiert?" Monikas Gedächtnis kämpfte mit ihren letzten Erlebnissen. Mit einem leicht getrübten Blick sah sie am Ufer entlang und auf den Fluss hinaus. Dann setzte die Erinnerung an die vergangene Nacht wie ein Paukenschlag ein. Sie hatte den Jäger gesehen! Bei der Hütte und am Abhang war er ihr dicht auf den Fersen gewesen.

Scheiße, wo bin ich hier? Wo hat mich dieses verdammte Wasser hingetrieben und wo sind die anderen? Wo ist Denny, waren nur einige der Fragen, die auf sie einstürmten.

Mit rauer Stimme überlegte sie laut: "Es war dunkel, als ich abstürzte. Irgendwie habe ich es geschafft, mich ans Ufer treiben zu retten. Aber dann? Habe ich die ganze Nacht in dieser kalten Umgebung verbracht?" Erst jetzt bemerkte sie ihre steifen, durchgefrorenen Knochen und konnte ein Zittern nicht länger unterdrücken. Vorsichtig tastete sie ihren Körper ab. Außer dem gebrochenen Arm war nichts passiert. Obwohl ihr bitterkalt war, zog sie das Shirt aus und verknotete es hinterm Hals, um ihren Arm in einer Schlinge zu entlasten. Doch wie sollte es jetzt weitergehen?

"Soll ich um Hilfe rufen? Würde mich hier überhaupt einer hören? Außer dem Mörder? Leben hier andere Menschen? Woran soll ich mich orientieren? Scheiße, in welche Richtung soll ich laufen?", führte sie einen zunehmend düsteren Dialog mit sich selbst. Es tauchten immer mehr Fragen auf, weswegen sie laut und verzweifelt nach ihrem Freund Denny rief.

Weit schallte dieses einzelne Wort durch das grüne Dickicht, bis hinauf zu den Bergen, wo Kimberly vor Schreck erstarrte.

"Das war doch Monika! Monika? Monikaaa, bist du das?"

Kimberly setzte all ihre restliche Kraft in diesen Hilferuf. Rehe, Hasen und Vögel schreckten bei jenem Schrei auf und suchten sich schleunigst ein anderes sicheres Plätzchen.

"Kim! Kim, wo bist du?"

"Monika?" Kimberly folgte den Rufen. Auf blutigen Füßen humpelte sie langsam über spitzes Geröll und lose Steine. Im Wald stach sie sich kleine Dornen, Äste und Nadeln in ihre wunden Sohlen, lief aber unbeirrt und voller Hoffnung auf Monika zu.

Von der anderen Seite rief Monika lautstark nach ihrer Freundin, wobei sie unüberhörbar fluchte, was es Kim erleichterte, den Weg zu finden. Wenige Meter trennten sie voneinander, als Monika ihre Freundin erblickte und sie in einem Freudenrausch um Haaresbreite umrannte. Weinend und zugleich lachend, umschlangen sich die Freundinnen. Kreischend hielten sie sich an den Händen und umarmten sich erneut. Für einen kleinen Augenblick waren alle Schmerzen, Tränen und der Kummer vergessen. Nachdem das erste Hochgefühl verflogen war, schauten sich die Freundinnen genauer an.

"Du siehst genauso beschissen aus, wie ich mich fühle", kommentierte Kim Monikas Anblick, die ihren gebrochenen Arm festhielt. Wogegen Monika feststellte, dass sie Kims katastrophalen Zustand nicht einmal im Traum erwartet hätte.

"Wo sind die anderen?" Fragend schaute Kim ihre Freundin an. Monika wusste nicht, ob Kim in der Lage war, die schlechten Nachrichten aufzunehmen, weshalb sie von einem Fuß auf den anderen wippte und sich vor der Antwort drückte.

"Was ist los? Sag schon. Ist etwas mit Jasper? Wo ist er, und wo ist Denny? Markus und Sandra?" Abwehrend hielt Monika die Hand hoch und Kimberly verstummte augenblicklich. An der Miene ihrer Freundin konnte sie ablesen, dass etwas Furchtbares vorgefallen sein musste. Noch immer hatte Monika kein Wort gesagt, was Kimberly nur stärker in Angst und Schrecken versetzte. Monika wollte ihrer Freundin gerade die traurigen Nachrichten beibringen, als plötzlich zwei Gestalten aus den Büschen sprangen.

Jasper warf sich auf Kimberly, riss sie zu Boden und flüsterte ihr ins Ohr: "Bleib unten, er ist hier."

Jonny hatte sich Monika geschnappt, einen Arm um ihren Körper geschlungen und mit dem anderen hielt er ihr den Mund zu, bevor er ihr die gleichen Worte ins Ohr zischte.

"Kann ich loslassen? Nick mit dem Kopf," hauchte Jonny hinterher.

Monika reagierte augenblicklich und nickte.

"Kommt mit, aber leise. Wir haben keine Zeit für Erklärungen, er ist uns auf den Fersen." In geduckter Haltung schlichen sie am Ufer entlang.

Jonny lotste sie über eine seichte Stelle des Flusses ans andere Ufer und dann in die entgegengesetzte Richtung flussaufwärts. Fort von dem Jäger, seiner Höhle und zu dem einzigen Ort, den er im Moment für sicher hielt. Für Kimberly, die mit ihren Verletzungen kaum mithalten konnte, war der Fußmarsch die reinste Tortur.

"Ich brauche eine Pause. Mir tut alles weh", jammerte sie unentwegt, obwohl Monika und Jasper sie abwechselnd stützten und mitschleiften. Sie stand kurz vor einem Zusammenbruch. Um sich in Ruhe um die Verletzungen der Mädchen kümmern zu können, entschloss sich Jonny, einen kleinen Abstecher in eine verlassene und verwilderte Unterkunft zu wagen. Dort konnten sie sich kurz ausruhen und hoffentlich wieder etwas zu Kräften kommen.

Es war eine alte Hütte mitten im Wald. Der Wind pfiff durch jede Ritze und doch war es ein guter Unterschlupf. In dieser windschiefen Hütte hatte Jonny vorsorglich Nahrung, Wasser und Verbandszeug für Notfälle vergraben.

"Hier können wir kurz Rast machen. Ich werde Monikas Arm verbinden und Kimberlys Wunden reinigen. Dann müssen wir aber weiter. Der Jäger folgt unserer Fährte und wir kommen nicht schnell genug voran, um ihn abzuschütteln."

"Durch die Schlitze zwischen den Holzbalken werden wir ihn bei Zeiten kommen sehen. Ich übernehme die Wache", erklärte Jasper mit Inbrunst und bezog den Beobachtungsposten. Schnell legte Jonny Monika einen festen Verband an, der ihren gebrochenen Arm stützte. Mit einer frischen Flasche Wasser säuberte Jonny die Schnitte, Kratzer und Abschürfungen an Kimberlys Füßen, wobei sie vor Schmerzen mehrmals zischend die Luft ausstieß. Anschließend umwickelte er ihre geschundenen Füße mit seinem Shirt. Eine alte Decke, die schon seit Urzeiten in der windigen Behausung umherlag, zerschnitt er und band die Stücke zu festen Lappen zusammen. Sie musste als provisorischer Schuhersatz für Kimberly herhalten.

"Das müsste erst einmal funktionieren. Du musst nur aufpassen, dass du nicht hängen bleibst."

"Danke", hauchte Kimberly verlegen. Sie hatte keine Ahnung, wer ihr fürsorglicher Helfer war. Niemand nahm sich die Zeit und erzählte ihr, was während ihrer Gefangenschaft vorgefallen war. Im Flüsterton verlangte sie endlich Antworten und wollte sich auf gar keinen Fall auf Ausflüchte einlassen.

"Ich will wissen, was los ist. Wer bist du? Wie habt ihr mich gefunden und warum hat es so lange gedauert? Wo sind Markus und Sandra. Und wo steckt Denny, Monika?" Kimberly schaute ihre Freundin an, die in Tränen ausbrach.

Jonny und Jasper warfen sich einen vielsagenden Blick zu, den Kimberly falsch deutete. Aufgebracht schnauzte sie ihren Freund an.

"Ich will jetzt wissen, was los ist. Wo sind Markus, Denny und Sandra?"

"Beruhige dich", griff Jasper ein.

"Verdammt noch mal Jasper, ich will mich nicht beruhigen, ich will auf der Stelle wissen, was hier gespielt wird." Eine Sekunde herrschte betretenes Schweigen, doch Jonny durchbrach die Stille und erzählte kurz und bündig, was in den letzten Tagen vorgefallen war.

"Ich bin Jonny und du musst Kimberly sein", stellte er sich zuallererst vor.

"Markus und Sandra sind tot. Denny ist spurlos verschwunden", was sich Jonny zusammenreimte.

"Und der Mann, der dich entführt hat, ist für all das verantwortlich", setzte er hinterher, verschwieg jedoch wohlweislich die Tötung seiner eigenen Freunde. Er wollte Kimberly in diesem Zustand nicht noch mehr zumuten.

Jasper verließ seinen Beobachtungsposten. Schützend schlang er die Arme uns seine Freundin. Mit dieser Geste wollte er ihr zeigen, dass er da ist und sie in diesem Augenblick moralische Unterstützung gab.

Monika, der schon die ganze Zeit eine Frage auf den Nägeln brannte, sah ihre Chance gekommen.

"Wie habt ihr uns gefunden? Verdammt, wo habt ihr überhaupt gesteckt und wieso wisst ihr von Sandras Tod? Wart ihr in der Hütte? Habt ihr Denny dort nicht gesehen?" Es sprudelte nur so aus Monika heraus.

Jonny zuckte nur mit den Schultern und überließ Jasper das Reden.

"Wir haben Denny nirgendwo auf dem Weg zur Hütte gesehen. Wir hatten keine Ahnung, dass ihr nicht zusammen seid. Ihr wolltet doch in der Hütte bleiben, statt bei der Suche zu helfen. Woher hätten wir wissen sollen, was bei euch los ist?"

"Hör auf. Vorwürfe bringen uns nicht weiter. Wir müssen die Polizei einschalten", mischte sich Kim ein.

"Was glaubst du, was wir versucht haben? Aber das altersschwache Funkgerät in der Hütte funktioniert nicht. Und ich wollte dich nicht allein hier im Wald bei einem Irren zurücklassen. Sandra hatte sich angeboten, den schweren Kasten zu reparieren, aber dann ging es Schlag auf Schlag und ... Na ja, egal. Das alles ist nebensächlich. Viel wichtiger ist die Frage: Wie ist es dir ergangen? Was hat er dir angetan? Und wie bist du entkommen?" Mitfühlend hielt Jasper die Hand seiner Freundin. Sie konnte und wollte nicht darüber reden, zu viel war geschehen, dass sie erst einmal verarbeiten musste. Deshalb wich Kimberly vom Thema ab und fragte Monika: "Hast du keine Vermutung, wo Denny stecken könnte? Hat er sich verlaufen oder ist er ...?" Sie konnte den Satz nicht beenden.

"Ich weiß es nicht. Wir haben Sandra tot in der Hütte gefunden. Ich bin dann rausgestürmt. Später sah ich dieses Monster umherschleichen. Da bin ich erst recht losgerannt. Ich dachte, Denny würde mir folgen. Ich bin in den Wald gelaufen und glaubte, dass er direkt hinter mir ist. Doch wir verloren uns aus den Augen. Während ich über Stock und Stein stolperte, muss Denny in eine andere Richtung gelaufen sein. Später bin ich einen Abhang hinuntergerutscht, hab mir den Arm gebrochen und musste ein eiskaltes Bad in diesem beschissenen Fluss nehmen. Irgendwie habe ich es ans Ufer geschafft und fiel in Ohnmacht. Als ich erwachte, hörte ich dich rufen. Nun, den Rest kennst du."

"Ich aber nicht", warf Jasper ein, der froh war, dass seine Freundin, relativ unbeschadet, wieder da war.

Mit einem schiefen Lächeln meinte Monika: "Doch, denn kurz danach habt ihr uns überfallen und in diesen Witz von einer

Hütte geschleift." Sie ließ einen vielsagenden Blick durch die Behausung gleiten.

"Aber ihr habt uns gar nicht erzählt, wie ihr uns gefunden habt", forschte Monika.

"Wir sind zurück zur Hütte gelaufen. Jonny musste sich wegen seiner Verletzung ausruhen, und wir waren kein Stück weitergekommen auf der Suche nach dir." Liebevoll schaute Jasper seine Freundin an, ehe er weitersprach.

"Sandra fanden wir mit tiefen Kratzspuren in der Hütte liegend. Von Denny und dir fehlte jede Spur. Wir überlegten uns, dort auf euch zu warten, fanden aber keine Ruhe. Weswegen wir in der Abenddämmerung aufgebrochen sind. Nach stundenlangem Umherirren sind wir auf eine Höhle gestoßen. Sie sah bewohnt aus und es stank bestialisch da drinnen. Wir nahmen an, dass es der Unterschlupf des Jägers ist. Aber wir haben dich nicht darin gefunden." Jasper sah enttäuscht zu seiner Freundin, die sich bestürzt die Hand vor den Mund schlug.

"Oh nein, das darf doch nicht wahr sein. Ich bin vor euch abgehauen?" Verständnislos schauten drei Augenpaare auf Kimberly.

"Ich war da! Ich war in dieser Höhle. Er hat mich festgebunden, aber ich konnte mich von den Fesseln befreien", Kimberly zeigte ihre aufgeschürften Hände und Jasper ergriff sie liebevoll und hauchte ein paar Küsse darauf.

"Kaum hatte ich mich losgebunden, da hörte ich Schritte vor der Höhle. In meiner Verzweiflung bin ich tiefer in diese Gruft gerannt. Ich fand zum Glück einen anderen Ausgang, doch dort musste ich eine steile Felswand herunterklettern. Und das nur, weil ich dachte, der Mistkerl von Entführer sei zurückgekommen. Dabei wart ihr es, die dort umhergeschlichen sind. Warum habt ihr euch nicht zu erkennen gegeben?"

"Du bist gut. Hätten wir mal eben reinspazieren sollen und uns erschießen lassen von diesem Spinner? Wir wussten nicht, dass er dich dort gefangen hielt. Wir wussten nicht einmal mit Sicherheit, ob es überhaupt sein Unterschlupf war." Jasper klang ein bisschen verärgert über Kims Vorwürfe.

"Ist ja gut, ich habe es verstanden', gab Kimberly genervt zurück. Bei jedem lagen die Nerven blank. Ein falsches Wort und aus einem Missverständnis konnte ein Riesenstreit entstehen, was überhaupt nicht hilfreich wäre, in ihrer jetzigen Lage. Jonny drängelte angesichts der brisanten Gefühlsverfassungen, endlich weiter zu gehen.

Der Aufbruch

Jonny tigerte nervös durch die Hütte. Die Zeit brannte ihm unter den Nägeln. Er wollte endlich aufbrechen. Er wollte nicht für den Tod dieser jungen Leute verantwortlich sein und musste sie unbedingt aus der Gefahrenzone holen.

Sein Entschluss stand fest, zuerst musste er die Mädchen in ein Krankenhaus bringen und Jasper soll bei ihnen bleiben, um auf sie aufzupassen. Er kann den Kampf gegen seinen Widersacher nicht mit zwei Verletzte und einen Halbstarken beginnen. Entschlossen drehte er sich zu den drei Diskutierenden um.

"Wir müssen weiter. Hier sind wir nicht sicher. Das nächstgelegene Dorf ist nicht mehr weit weg. Dort rufen wir euch einen Krankenwagen", wobei er auf Kimberly und Monika zeigte.

"Und du, Jasper, wirst sie begleiten und dafür sorgen, dass die Polizei alles erfährt."

Jasper, der mit Jonnys Vorschlag überhaupt nicht einverstanden war, gab nicht so schnell klein bei. Er sehnte sich nach Rache. Rache für seine toten Freunde und das Leiden Kimberlys.

"Nein, wir bleiben hier und erledigen diesen Schweinehund. Wir stellen ihm eine Falle. Gemeinsam sind wir stärker. Ich will niemanden mehr in seinem eigenen Blut auffinden. Außerdem müssen wir nach Denny suchen", rechtfertigte sich Jasper.

"Wie stellst du dir das vor? Du kommst hierher, trampelst in seine Fallen und willst ihn jetzt mit einem Trick überlisten?" Jonnys Nerven waren zum Zerreißen gespannt und er hatte keine Lust auf überflüssige Diskussionen.

"Sie dir die Mädchen an, sie brauchen dringend ärztliche Versorgung." Er holte tief Luft.

"Kimberly mit ihren geschundenen Füßen wird keine große Hilfe sein und ihre Freundin mit dem gebrochenen Arm ...", beendete Jonny den Satz nicht. Alle im Raum wussten wieso.

"Aber", brachte Jasper halbherzig hervor. Denn gegen Jonnys Argumentation kam er nicht an.

Jonny, der die Zweifel erkannte, führte das entscheidende Argument an: "Willst du für ihren Tod verantwortlich sein, wenn etwas schief geht? Ich nicht." Damit war für Jonny die Diskussion beendet.

"Sie werden nicht sterben, wir sind bei ihnen und beschützen sie", lehnte sich Jasper auf.

"Hallo, zufällig sitzen wir hier und haben ein Wörtchen mitzureden. Ihr könnt nicht über unsere Köpfe hinweg entscheiden, was mit uns passiert, und sterben will ich auf gar keinen Fall." Wutentbrannt stand Monika da, den gesunden Arm in die Seite gestemmt, und machte ihrem Ärger Luft.

Kimberly schloss sich trotz großer Schmerzen ihrer Freundin an: "Genau, ich bleibe auf gar keinen Fall länger als nötig in diesen Wäldern. Die Polizei wird uns helfen und den Mörder dingfest machen. Ich brauche eine Dusche und etwas Vernünftiges zum Anziehen. Außerdem sehne ich mich nach einem anständigen Bett und einer warmen Mahlzeit. Ich hasse es hier und ich will endlich nach Hause", schluchzte Kimberly, die mit diesem Ausbruch, ihre letzten Kraftreserven aufgebraucht hatte. Monika schlang ihren Arm um Kim. Arm in Arm saßen sie auf dem kargen Boden und ließen ihren Tränen freien Lauf.

Jonnys Geduld wurde auf eine harte Probe gestellt. Er war es nicht gewohnt, Frauen weinen zu sehen, geschweige sie zu trösten. Weshalb seine nächsten Worte ein wenig zu herrisch klangen.

"Genug jetzt. Langsam müssen wir aufbrechen, sonst schaffen wir es nicht bis zum Einbruch der Dunkelheit und dann will ich raus aus dem Wald sein. Ich habe ein ungutes Gefühl." Jonny wartete keine Reaktion ab. Entweder folgten sie ihm oder sie würden in dieser verfallenen Hütte zurückbleiben.

Jonny wollte nicht zur Vordertür raus. Gewiss lauerte der Jäger hinter den Bäumen auf sie. Zu deutlich waren ihre Spuren, die sie hinterlassen hatten.

Mit einem lauten Krachen lief er geradewegs durch die morsche Rückwand. Was Jonny aber nicht bedacht hatte, war das windschiefe Dach. Es wurde nur von drei Seiten getragen. Mit knapper Not retteten sich Monika, Kimberly und Jasper aus der Ruine.

"Alles okay bei euch?", keuchte Jasper, der als Letzter mit einem Hechtsprung aus der Ruine geflogen kam. Die Frauen antworteten nur mit einem Kopfnicken, bevor sie sich mit einer wütenden Tirade auf Jonny einschossen.

Kimberly hatte mit ihren improvisierten Schuhen Mühe Schritt zu halten. Trotz alledem verzichtete sie auf Hilfe. Zu oft und tief hatte ihre Selbstachtung in den letzten Tagen einen Dämpfer bekommen. Sie wollte dem rüpelhaften Hünen nicht die Genugtuung geben, sie tragen zu müssen.

Kaum waren sie aus dem Wald raus, führte ihr Weg sie querfeldein. Über steinige Wiesen und dürre Felder. In den frühen Abendstunden erreichten sie den Forstweg und die Mädchen ließen sich auf dem erstbesten erhöhten Stein fallen. Am Ende ihrer Kräfte.

"Es ist jetzt nicht mehr weit. Gleich hinter den paar Bäumen kommt ihr ins Dorf. Dort braucht ihr nur die Hauptstraße entlang zu gehen bis zur Tierarztpraxis von Dr. Emmerling. Er wird euch weiterhelfen." Jonny kramte aus seiner Jacke mit den immens vielen Taschen Dörrfleisch hervor, schnitt für jeden eine Scheibe ab und reichte die Wasserflasche herum, die er aus der verlassenen Hütte mitgenommen hatte.

"Ich werde mit dir zurückgehen", beharrte Jasper.

"Es ist mir egal, was du sagst, es waren meine Freunde, die dieses Schwein getötet hat. Monika, du wirst es mit Kimberly doch allein schaffen, oder? Jonny und ich werden nach diesem Killer suchen. Ich will wissen, was für ein perfides Hirn unsere Freunde abgeschlachtet hat und ich will ihm von Angesicht zu Angesicht gegenüberstehen." Jasper spie die Worte voller Verachtung heraus und es war ihm todernst.

Monika, die die ganze Zeit an ihren Freund gedacht hatte, setzte hinzu: "Und ihr müsst Denny finden. Ich mache mir solche Vorwürfe, dass ich nicht auf ihn gewartet habe." Schluchzend warf sie sich in die Arme von Kimberly.

Jasper warf Monika einen mitleidigen Blick zu. Leise fügte er hinzu: "Ja, wir werden Denny suchen!" Obwohl er nicht mehr damit rechnete, seinen Freund gesund und munter wiederzufinden.

"Hör auf, Monika. Dich selbst zu zerfleischen bringt keinem etwas. Denny geht es gut. Er wird in der Hütte sitzen und maulaffenfeil halten. Du kennst ihn doch. Mit seinem schiefen Grinsen wird er dich in die Arme schließen. Glaub mir, alles ist in bester Ordnung bei ihm", versuchte Kimberly, ihre Freundin aufzumuntern.

"Okay, ihr habt euch beratschlagt und jetzt sage ich, wie es weitergeht." Jonny, der dem Gespräch still zugehört hatte, übernahm wieder das Kommando.

Nachdem sie ihre karge Mahlzeit verzehrt hatten, verabschiedete Jasper seine Freundin. Es fiel ihm schwer, sie gehen zu lassen. Er schaute Kimberly lange hinterher, die sich alle paar Meter umdrehte und ihm zuwinkte. Erst dann wandte Jasper sich mit fragendem Blick Jonnys.

Der knurrte: "Wir beide werden zur Hütte zurückgehen. Wenn dieser Denny dort auf uns wartet ok, ansonsten müssen wir ihn auf dem Weg zur Höhle des Jägers suchen. Ich werde auf keinen Fall, die Nacht im Freien verbringen. Wenn du das nicht willst, solltest du den zweien hinterherlaufen." Jonnys ausgestreckter Arm deutete Richtung Dorf und sein Gesicht drückte Entschlossenheit aus.

"Ich werde aber meine Zeit nicht vergeuden und diesen Grünschnabel suchen." Jonny warf Jasper einen Seitenblick zu, ehe weitersprach.

"Du denkst auch, dass er Tod ist, nicht wahr?" Jasper nickte nur traurig. Unterwegs besprachen sie, wie sie am morgigen Tag vorgehen wollten.

"Wenn wir erst einmal an der Höhle sind, musst du aufpassen. Er ist ein hinterhältiger Fuchs. Wenn er nicht da ist, werde ich seine Habe auf den Kopf stellen.

Ich will herausfinden, warum er hinter mir her ist und meine Freunde getötet hat. Er muss doch von irgendetwas angetrieben werden. Niemand bringt Menschen nur aus Zeitvertreib und Langeweile auf solch bestialische Art um." Jasper nickte zustimmend und konnte es doch nicht unterlassen nachzufragen.

"Und dann? Wie willst du ihn dir schnappen?" Darauf wusste Jonny keine Antwort und er zuckte nur mit den Schultern.

Kommissar Sventjen

Auf dem schnellsten Wege liefen Jonny und Jasper zurück zur Hütte. Die Freundinnen hingegen schleppten sich langsam die paar Meter bis zur Praxis. Voller Sorge klingelten sie spät abends an der Tür eines wildfremden Mannes. Kaum erklang das Dröhnen der Glocke, begann das Hundegekläff. Nur schwer konnten die Freundinnen zwischen dem Bellen eine menschliche Stimme ausmachen. Die Tür öffnete sich ein kleines Stück und die beide waren von vielen kleinen Hundebabys umrundet. Erleichtert stießen Monika und Kim die angehaltene Luft aus. Doch als sie in das abweisende Gesicht einer schlanken Frau schauten, wurde ihnen anders zumute.

"Was wollen sie?", sprach diese Person sie herrische an. Dem Schwedischem nicht mächtig, schauten sie sich verdutzt an. Zu ihrem Glück gesellte sich der Herr des Hauses dazu, der die deutsche Sprache fließend beherrschte. Freundlich bat er sie herein, während seine Frau sie stehen ließ und hinten im Haus verschwand.

Jack Emmerling führte die Frauen in seine Praxis. Nach einem kurzen

Telefongespräch untersuchte er die beiden und legte mit geübten Handgriffen neue Verbände an. Schweigend ließen die Frauen die Prozedur über sich ergehen.

"Können sie mir sagen, wie es zu den Verletzungen gekommen ist?" Zögernd schaute Kim ihre Freundin an. Stockenderzählten sie ihre Geschichte. Der Arzt traute seinen Ohren nicht. Solch eine ungeheuerliche Schilderung erzählten sie ihm. Ihre Story ging ihnen immer flüssiger über die Lippen und Monika erwähnte zwischendurch Jonnys Namen. Den überraschten Ausdruck in Dr. Emmerlings Gesicht ließ sie kurz stocken. Augenblicklich wuchs ihr Misstrauen gegenüber diesem besonnen Mann. Sie wussten nichts von der Geschichte mit Sunny.

Kurz darauf näherten sich die Einsatzkräfte. Bevor es jedoch dazu kam, dass die Sanitäter die jungen Frauen abtransportieren konnten, erschien Kommissar Finn Sventjen in der Praxis. Ein großer Mann mit Glatze, ausgebeulter Hose und zerknittertem Hemd. Mit tiefer Stimme stellte Sventjen dem Tierarzt einige Fragen.

Kim und Monika, die kein Wort von dem schwedischen Gerede verstanden, schauten sich verständnislos an. In einem passablen Deutsch wendete sich der Kommissar dann an die Freundinnen. Erneut berichteten sie ihre Erlebnisse der letzten Tage. Mit verzweifelter Stimme richteten sie ihre Anliegen an den eigentümlichen Mann: "Bitte, suchen sie nach unseren Freunden. Sie dürfen nicht auch noch sterben!"

Seine tiefe Stimme schallte durch die Räumlichkeiten, als er nachdenklich noch einmal alles zusammenfasst: "Jonny, ein Einsiedler, ist zu ihrem Freundeskreis gestoßen. Daraufhin sind zwei von ihren Freunden brutal ermordet worden, ein dritter ist verschwunden und sie wurden entführt, konnten sich aber befreien und entkommen? Dieser Jonny erzählte Ihnen, dass seine Freunde ebenfalls getötet wurden – eine Geschichte, die Sie, Dr. Emmerling bestätigen können, weil sie den Mann unter nebulösen Umständen ebenfalls trafen. Und dieser Jäger, wie ihr ihn nennt, ist hinter dem Mann her! Ihr habt aber keine Ahnung warum." Nachdenklich rieb sich der Kommissar über die Glatze und setzte erneut an.

"Nur, um des besseren Verständnisses willen. Sie sind die Person, die zuerst vermisst wurde? Deretwegen die

Suchaktion anfing? Sie wurden in einer Höhle festgehalten. Sollten dem sogenannten 'Jäger' als Sklavin dienen, schafften es aber, zu flüchten. Sie haben sich von einer steilen Felswand abgeseilt und können mir allerdings nicht sagen, wo genau sich diese befindet. In der Zwischenzeit wurden Freunde von Ihnen ermordet und die Leichen befinden sich in der alten Olson-Hütte, die Sie ja für ihren Urlaub gemietet hatten. Und Ihr Freund wird vermisst", sprach der Kommissar Monika an.

Monika öffnete den Mund, da sprach der Kommissar seine nächsten Gedanken schon laut aus.

"Sie wissen nicht wo sich der Unterschlupf befindet, beziehungsweise in welcher Richtung Sie gelaufen sind, behaupten aber steif und fest, dass dieser Jonny den Weg zur Höhle des Mörders kennt. Dann bleibt jetzt nur die Frage, wo stecken die beiden im Moment? Das können oder wollen Sie mir nicht verraten. Und Sie, junge Dame", richtete Kommissar Sventjen sein Augenmerk erneut auf Monika, "wissen nicht, wo Ihr Freund geblieben ist? Habe ich soweit alles korrekt verstanden?" Genervt verdrehten Monika und Kim gleichzeitig die Augen und nickten im Einverständnis.

"Im Großen und Ganzen stimmt Ihre Aufzählung der Fakten. Was gedenken Sie jetzt zu unternehmen, nachdem Sie wissen, dass sich in Ihren Wäldern ein Kidnapper und Mörder herumtreibt?" Herausfordernd schaute Kimberly den Polizisten an.

"Genau das ist es, was mich an ihrer Geschichte stört. Sie wollen mir ernsthaft weismachen, dass in unserem beschaulichen Schweden ein Serienmörder sein Unwesen treibt? Kann es nicht sein, dass dieser Jonny das alles inszeniert hat?", schlussfolgerte er.

Kim staunte Bauklötze, über diese Unverfrorenheit, die der Kommissar behauptete und konnte ihre Zunge nicht zügeln: "Was soll das heißen? Glauben sie uns nicht?" Monika überwand ebenfalls ihre Sprachlosigkeit: "Jonny würde doch seine Freunde nicht umbringen. Der Typ ist etwas skurril, aber im Großen und Ganzen ein umgänglicher Mensch."

"Schon gut, schon gut", wehrte der Kommissar die verbalen Angriffe ab.

"Sie sind die Einzige, meine Liebe, die diesen Serienkiller bisher von Angesicht zu Angesicht gesehen hat." Erneut rieb er sich nachdenklich über seine Glatze, da setzte er schon wieder zu sprechen an.

"Sie können jetzt ins Krankenhaus fahren. Dort wird sie ein Phantomzeichner aufsuchen. Seien sie versichert, wir werden alles erdenklich mögliche tun, um ihre Freunde gesund und munter zu ihnen zu bringen." Schnell wechselte er ein paar Worte mit den Sanitätern und verließ die Praxis, ohne sich zu verabschieden.

Auf den Weg in die Klinik, lästerten die zwei Frauen über den Kommissar, der ihnen nicht geheuer vorgekommen war.

Im Krankenhaus angekommen, wurden sie geröntgt, versorgt und aus Platzmangel in einem kleinen Zimmer einquartiert. Obwohl sie hundemüde waren, fanden sie keine Ruhe und sie setzten ihre Diskussion über Sventjen fort.

"Wie hast du diesen Kommissar gefunden? Mir erschien er etwas merkwürdig", überlegte Kim laut.

"Ein komischer Typ und die ewige Reiberei über seine Glatze hat mich verrückt gemacht. Wenn er nicht mit einer Dienstmarke umherlaufen würde, hätte ich glatt ihn für den Mörder gehalten. Apropos sollte nicht dieser Phantomzeichner kommen?" Und schon klopfte es an der Tür und der Zeichner trat ein. Unterm Arm ein Laptop, schaute er durch seine Nickelbrille verdutzt drein.

"Ähm, Frau Kimberly Müller?", fragte er, etwas verloren im Raum stehend.

Monika konnte sich ein Lachen kaum verkneifen. Dieser Phantomzeichner schien der typische Computerfreak zu sein: angsterfüllt, Brille, dünn und blass. Einer, der nie das Sonnenlicht erblickt. Ein Mensch der sich lieber in einem abgedunkelten Raum verkriecht. Kim reagierte professioneller und bat den jungen Mann näherzutreten. Schnell hatten sie das Bild mit dem

Computerprogramm erstellt, welches der Spezialist direkt an das Polizeibüro mailte. Hasenfüßig stürmte der junge Mann zur Tür hinaus.

Im Büro rief der Kommissar sein Team zusammen. Mareike Johannsen, Elias Bergquist, Lasse Karlsson, Sven Marksson und Jakob Bergström standen um das Whiteboard. Gespannt lauschten sie ihrem Chef, der stichpunktartig die Fakten erklärte. Ein Piepsen unterbrach seine Erläuterungen. Der Drucker spuckte das Phantombild aus.

"Ich kenne den", sprach Elias leise, nachdem er das Blatt an die Wand geheftet hatte.

"Was sagst du da, Elias?", nahm Kommissar die Bemerkung auf.

"Ich kenne den Kerl, aber ich weiß nicht mehr woher. Auf jeden Fall war er damals jünger. Fast noch ein Knabe", gab Elias von sich.

"Dann denk mal scharf nach. Der Kerl ist aller Wahrscheinlichkeit ein Killer der schwersten Sorte. Bis jetzt soll er fünf Menschen umgebracht haben. Cynthia Oldson haben wir ja schon gefunden." Bei diesen Worten zog der Kommissar ein zweites Whiteboard heran, auf dem die abscheulichen Aufnahmen des von Maden zerfressenen Leichnams abgebildet waren.

"Hat einer von euch eine Ahnung, wer dieser Marvin sein könnte?", fragte der Kommissar in die Runde.

"Einen Nachnamen haben wir leider nicht."

Mareike Johannsen war die Profilerin in der Gruppe. Für die Mittvierzigerin waren die menschlichen Abgründe ihr Steckenpferd. Wie kein anderer konnte sich die mollige Frau in die Gedanken von Mördern und Kinderschändern hinein versetzten. Geschätzt von ihren Kollegen, ergriff sie das Wort.

"Ich glaube, dass ein gewisser Marvin Person gemeint ist. Vor einigen Jahren, als blutjunge Polizistin, hatte ich wegen Wilderei mit ihm zu tun. Er wohnt mit seiner Frau am Waldrand bei Avesta. Wartet mal...", nachdenklich tippte sie sich mit dem Finger an die Lippen.

"Ja genau", sprach sie eher zu sich selbst, ehe sie den Blick hob.

"Sein Haus liegt nicht weit von der Olson-Hütte entfernt. Wartet, ich hole die Karte." Alle Polizisten traten an den Tisch, auf dem Mareike die Landkarte ausbreitete. Mit einem roten Markierer zog sie einen Kreis um Marvins Hütte und einen zweiten um die von Olson bei Jularbo.

"Seht ihr, es ist nicht weit und die beiden Unterkünfte liegen relativ nah beieinander, für die Verhältnisse von Schweden."

"Augenblick", meldete sich Elias zu Wort und holte die Karte zu sich heran. Nach einem schnellen Blick zeigte er auf einen hellen Fleck, ein wenig oberhalb der Olson-Hütte.

"Ist das hier nicht Fors, dort, wo die alte Nervenklinik gestanden hat?", ohne auf eine Antwort auf seine rhetorische Frage zu warten, sprach er weiter: "Jetzt erinnere ich mich auch, woher ich den Kerl kenne. Als junger Polizist hatte ich mit dessen Fall zu tun." Alle Augen ruhten auf dem alten Haudegen, der seine Gedanken sortierte. "Es war mein erster großer Einsatz und die Zustände haben mich damals tief erschüttert. Lange habe ich den Werdegang des Jungen verfolgt, bis ich ihn eines Tages aus den Augen verlor. Aber ich glaube, ich gebe euch lieber eine kurze Zusammenfassung." Ein Blick in die Runde und Elias erhielt ein einstimmiges Kopfnicken als Antwort.

"Wenn ich mich richtig erinnere, wohnte seine Familie im Randgebiet von Uppsala. Es herrschten katastrophale Zustände in dem Haus und wir retteten damals einen kleinen Jungen aus...", kurz zögerte Elias und suchte nach dem richtigen Wort.

"Auf jeden Fall waren die Familienverhältnisse haarsträubend. Der Vater verließ die Familie Lindström, da war der Junge kaum zwei Jahre alt. Die Mutter litt unter Schizophrenie und depressiven Stimmungsschwankungen. Sie hörte überall die Stimme ihres Ex-Mannes, der ihr in ihren Wahnvorstellungen das Leben zur Hölle machte. Sie litt unter

Schlafstörungen, war reizbar und zugleich voller Unruhe. Dementsprechend sah das Haus aus."

Elias schüttelte es sichtbar bei der Erinnerung, bevor er fortfuhr: "Das schmutzige Geschirr in der Küche war noch das Harmloseste. Das Badewasser war die reine Jauche, eine Toilette gab es nicht mehr und das Bett des Kleinen stank zum Himmel und war mit Schimmel übersät. Das gesamte Haus war ein einziges Rattenloch, die unter anderem im Wohnzimmer über den Teppich liefen und in all dem Unrat spielte ein kleiner Junge. Die Mutter lag zugedröhnt auf einer durchgelegenen Couch. Unter diesen Voraussetzungen lebte er einige Jahre bei seiner Mutter. Stutzig wurden die Behörden, als der Junge nirgendwo zur Schule angemeldet wurde. Obwohl die Mutter in der Gemeinde wohnte. Zu dem Zeitpunkt schritt die Fürsorge ein und entzog der Frau das Sorgerecht. Zuerst kam der verwahrloste Olle in ein Kinderheim und in den darauffolgenden Jahren wechselte er gefühlte hundert Mal die Pflegefamilie. In jedem Bericht stand das Gleiche: schwer erziehbar, passt sich nicht an, lügt, begeht Ladendiebstahl und neigt zu Gewalttaten.

Der arme Junge wurde hin und her geschoben, ohne einen geordneten Platz im Leben zu finden."

Mareike nickte; ähnliche Geschichten waren ihr schon oft in ihrer Karriere begegnet.

"Die letzten Jahre, bis zur Volljährigkeit, verbrachte er im Kinderheim 'Sonnenträume'. Daraufhin verlor ich ihn aus den Augen. Später hörte ich, dass er wegen schwerer Körperverletzung und Mord vor Gericht stand. Aufgrund der Einschätzung eines Psychologen, der Anzeichen einer Schizophrenie diagnostizierte, wurde der junge Mann in eine Nervenklinik eingewiesen. Jahre später hörte ich, dass ein Insasse entflohen war. Eben dieser Olle Lindström. Auf jeden Fall war die psychiatrische Anstalt sein letzter bekannter Aufenthaltsort."

Schweigend hatte das Team Elias' Ausführungen zugehört. Nachdem er seinen Monolog beendet hatte, sprang Kommissar Finn Sventjen auf und koordinierte seine Truppe.

"Elias und Sven, ihr versucht rauszufinden, wo die Akten geblieben sind, seit die Nervenklinik dichtgemacht hat. Lasst euch nicht abwimmeln. Ich will die

Akte von diesem Lindström. Ihr zwei", wobei Finn auf die jungen Kollegen Jakob Bergström und Lasse Karlsson zeigte, "fahrt zum Kinderheim. Forscht nach, ob noch jemand von damals dort arbeitet oder lasst euch eine Adresse geben. Ich will Erfolge sehen!"

Mareike und Sventjen standen nachdenklich vor dem Whiteboard.

"Finn, ich habe da eine Idee."

"Spuck sie nur aus, alles kann hilfreich sein, auf der Suche nach dem Serienmörder", ermunterte Kommissar Sventjen die Kollegin.

"Monika Schwarz hat doch behauptet, dass der Mörder, also Olle Lindström, hinter diesem Jonny her ist. Womöglich eine persönliche Fehde!"

Finn Sventjen horchte stirnrunzelnd auf.

"Ja, und was willst du damit sagen?"

"Wir müssten herausfinden, wann die beiden sich begegnet sind. Dieser Lindström war ein Kleinkind, als er von der Mutter getrennt wurde. Das würde bedeuten, dass er Jonny entweder im Kinderheim oder in der Psychiatrie kennenlernte und ..."

Weiter kam Mareike nicht. Kommissar Sventjen stürzte zum Funkgerät. Kaum hatte er Elias an der Strippe, berichtete er euphorisch Mareikes Gedanken und setzte hinterher: "Wenn ihr in der Klapse seid, forscht direkt nach, ob dort ein Jonny als Patient einsaß. Oder ob er jemals dort gearbeitet hat."

Mareike, die ihre Gedankengänge nicht zu Ende geführt hatte, gab eine weiter Einschätzung: "Die jungen Frauen haben diesen Jonny als relativ alt eingeschätzt. Er kann schon mal kein Patient oder eines von den schwer erziehbaren Kids gewesen sein. Vermutlich einer der Wärter! Obwohl ich keine näheren Angaben über diesen Mann besitze, kann ich mir vorstellen, dass er alles daransetzen wird, seine Freunde zu rächen. Da er keinen Kontakt zur Polizei suchte, mutmaße ich einmal, dass er vorbestraft ist." Für einen Augenblick war es mucksmäuschenstill im Büro.

"Shit, warum habe ich nicht daran gedacht. Der Phantomzeichner hätte eine Skizze von dem Jonny mit anfertigen sollen." Aufgeregt rieb der Kommissar sich über seine Glatze, bis er zum Telefon griff und den Zeichner erneut ins Krankenhaus schickte.

Mareike, stand vor dem Whiteboard und überlegte laut: "Was wäre, wenn wir diesen Jonny verfolgen, dann läuft uns der

238

Serienkiller doch praktisch ins Netz. Wir müssen nur die Augen offenhalten und zur richtigen Zeit am richtigen Ort sein."

"Du meinst, wir sollen Jonny als Lockvogel einsetzen und sein Leben riskieren? Du scheinst zu vergessen, dass wir es hier mit einem Serienmörder zu tun haben. Einem Menschen, der buchstäblich über Leichen geht und dem es Vergnügen bereitet, sie auszuweiden!" Sein ohnehin gerötetes Gesicht wurde einige Nuancen dunkler.

"Ja, aber er hinterlässt bei jedem Toten ein Zeichen, Wunden von einer Bärenkralle. Das bedeutet doch höchstwahrscheinlich, dass er genauso ein Outsider wie Jonny Langström ist. Sein Leben, seine gesamte Existenz ist der Wildnis angepasst. Für uns dürfte es kompliziert, wenn nicht sogar unmöglich werden, ihn in den Weiten des Waldes aufzustöbern und Jonny wäre ideal..."

Dem Kommissar riss der Geduldsfaden. "Bist du von allen guten Geistern verlassen. Es ist unsere Pflicht, den Mörder zu fangen. Wir..."

Mareike ließ sich von der verbalen Attacke ihres Chefs nicht in die Irre führen und setzte ihre Erklärung, ungeachtet des

Kommentars, fort: "Es ist nicht das erste Mal, dass uns Zivilisten helfen", beendete sie ihre Ansprache.

Fassungslos schaute Finn Sventjen seine Profilerin an und schüttelte den Kopf, ehe er ihr antwortete: "Die Gefahr ist zu groß. Der Mörder nimmt keine Rücksicht und wenn er irgendeine Art von Bedrohung wittert, wird er seinen Feind schneller töten, als wir reagieren können. Dazu kommt", fügt Finn Sventjen nach einer kleinen Atempause hinzu: "Ich will nicht für noch mehr Tote verantwortlich sein. Wir werden ihn schnappen, es ist nur eine Frage der Zeit."

Noch leiser fuhr Kommissar Sventjen fort: "Wollen Sie Ihren Kopf hinhalten, wenn die Presse herausfindet, dass wir einen Mann als Köder eingesetzt haben und er von einem eiskalten Killer getötet wurde? Werden Sie dem Staatsanwalt Rede und Antwort stehen? Nein, denn mein Kopf wird rollen und nicht

Ihrer und deswegen ist dieses Gespräch hier beendet."

Der Kampf geht weiter

Auf direktem Weg hasteten Jonny und Jasper zur Hütte zurück. Im Dickicht suchten sie Schutz und spionierten ihre Unterkunft aus. Falls der Jäger auf sie lauerte, wollten sie ihm nicht die Möglichkeit bieten, sie aus dem Hinterhalt zu erschießen.

Jasper, arbeitete sich auf der rechten Seite durch das Unterholz und Jonny kam über die andere Flanke. Beide hielten am Waldrand inne und beobachteten die Umgebung. Die Hütte lag friedlich zwischen ihnen.

Jasper, der auf ein Zeichen von Jonny wartete, schaute gebannt, als er aus den Augenwinkeln etwas Blaues leuchten sah. Vorsichtig schlich er näher heran. Keine zehn Schritte entfernt, erfasste er die Katastrophe und fiel auf die Knie. Warme Tränen rannen seine Wange hinab. Auf allen vieren kroch er auf Dennys Leichnam zu, dessen zerfetztes T–Shirt rot vom Blut getränkt war. Schluchzend saß Jasper neben der sterblichen Hülle. Sein Körper wurde von Weinkrämpfen geschüttelt.

"Warum?", flüsterte Jasper. Dann brach der Schmerz aus ihm heraus und ein markerschütternder Schrei entrang sich seiner Kehle.

Jonny bemerkte Jaspers Veränderung. Schleunigst bahnte er sich einen Weg durch das Gestrüpp.

Jaspers Jammerlaute ließen Jonny die Vorsicht außer acht lassen. In wenigen Sätzen war er bei ihm. Bei dem Anblick von Dennys Leiche bleib ihm die Luft weg. Die Kleidung hing völlig zerfetzt an seinem Körper. Das Blut aus der aufgeschlitzten Kehle bildete einen rostig aussehenden Fleck um seinen Kopf. Die Kralle, die aus dem linken Auge hervorstach, brachte das Fass zum Überlaufen. Jonny schlucken heftig, als ihm bewusst wurde, dass inzwischen sechs Tote auf das Konto seines Widersachers gingen. Es wurde Zeit, Nägel mit Köpfen zu machen.

Wie ein alter Mann erhob sich Jasper und bat Jonny mit gebrochener Stimme um Hilfe.

"Wir müssen ihn in die Hütte tragen. Ich lasse ihn auf keinen Fall hier liegen. Er soll nicht von wilden Tieren gefressen werden. Es ist schon schlimm genug, dass sein ...", Jasper versagte die Stimme und ein weiterer Schluchzer löste sich.

Gemeinsam hoben sie Dennys Leichnam hoch und trugen ihn die paar Meter zur Hütte. Behutsam betteten sie den Körper auf die Couch und bedeckte ihn mit dem Tischtuch. Den Verwesungsgeruch den Sandra und Markus Leichen mittlerweile verströmten, registrierte Japser gar nicht. Abrupt drehte er sich zu Jonny um.

"Wir werden ihn finden und töten. So wie er deine und meine Freunde getötet hat." Jonny traute seinen Augen nicht. Der Verlust des Freundes hatte Jasper verändert. Er war nicht mehr der unbeholfene Stadtjunge. Er war zu einem Mann gereift. Oder gealtert, überlegte Jonny.

Jaspers Augen verströmten eisige Kälte, seine Haltung glich einem gefährlichen Puma. Er wollte kämpfen. Rache nehmen für seine toten Freunde. Jonny nickte nur, drehte sich um und ging. Der junge Mann folgte ihm. Seite an Seite durchforsteten sie die Gegend.

"Es ist nicht mehr weit. Willst du mit allem Ernst aufs Äußerste gehen?" Den gesamten Weg über schwiegen sie. Jetzt musste Jonny wissen, wie es um den jungen Mann stand. Konnte er sich auf ihn verlassen? Doch Jasper nickte bestätigend mit dem Kopf. Es gab kein Zurück mehr.

Mit jedem Schritt, den sie sich der Höhle näherten, wuchs Jaspers Beklommenheit. Spürbar wurde er nervöser. Seine Waghalsigkeit ließ mit jedem weiteren Schritt nach. Jonny blieb diese Veränderung nicht verborgen, und er versuchte ihm Mut zuzusprechen.

"Gemeinsam schaffen wir es. Er ist auch nur ein Mensch. Wir werden das Schwein kriegen. Außerdem wissen wir gar nicht, ob er überhaupt in seinem Unterschlupf ist." Sie waren keine hundert Meter von dem Eingang entfernt, als das wütende Gebrüll des Jägers ihnen entgegenschallte.

"Na ja, diese Frage hat er uns auf jeden Fall schon mal beantwortet. Er ist da, und ich glaube, er hat soeben Kims Flucht bemerkt", grinste Jasper über beide Ohren.

"Und genau das macht ihn jetzt noch gefährlicher", holte Jonny Jaspers Glücksgefühl auf den Boden der Tatsachen zurück.

"Okay, wie sollen wir vorgehen? Hast du dir das überlegt?" Jonny schüttelte den Kopf.

"Wir schleichen uns erst einmal bis zum Eingang. Dann wird uns schon was einfallen. Wir wissen nicht, wie er reagiert, denn der Kerl ist unberechenbar und wir sind nur auf uns gestellt."

"Okay. Dann los." Jasper, dem der Mut mit jeder weiteren Sekunde verließ, wollte ohnehin nicht lange planen, sondern endlich handeln. Doch so weit kam es gar nicht.

Vorsichtig schlichen sie zum Eingang der Höhle, als der Jäger ins Sonnenlicht hinaustrat. Mit einem Hechtsprung rettete sich Jonny hinter einem Baum und Jasper duckte sich unter einen hervorstechenden Gesteinsvorsprung. Nur wenige Meter von Jonny entfernt, stand sein Widersacher. Feindselig blickte dieser in alle Himmelsrichtungen. Wobei er ständig seinen linken Unterarm kratzte und ein Schwall hasserfüllte Wörter aus ihn heraussprudelte.

"Ich finde dich, du kleines Miststück und ich werde deinen Freund aufspüren, ihn ausweiden und dir sein Herz zum Fraß vorzuwerfen. Hörst du!" Schweigend richtete sich sein Blick in die Ferne, als er erneut losbrüllte: "Ich werde dich finden!", und jähzornig seine Arme dem Himmel entgegen stieß.

Jonny sah die blutende Wunde auf dem linken Arm deutlich. Es war ein selbstgestochenes Tattoo und er erkannte die groben Züge eines Gesichts. Mit zusammengekniffenen Augen versuchte Jonny, mehr zu erkennen. Ein kalter Schauer lief ihm den Rücken hinunter, nachdem ihm bewusst wurde, was es darstellte. Er traute seinen Augen nicht.

Es war sein Gesicht. Wie ein Spiegelbild. Zwar reichlich zerkratzt und eiternd, aber eindeutig prangten seine Gesichtszüge auf den Unterarmen des Jägers.

"Ach du heilige Scheiße", entschlüpfte es Jonny lauter als gewollt. Sofort schnellte der Jäger in die Richtung. Mit zusammengekniffenen Augen erkannte er einen Schatten beim Baum. Der Schreck fuhr ihn in die Knochen, nachdem er seinen Widersacher erkannte.

"Du? Du traust dich hierher?" Ein ekelhaftes kaltes Lachen ließ Jonny erschauern.

"Du feiger, hinterhältiger Bastard. Ich werde dich zerstören, wie du meine Familie zerstört hast."

Jonny, der keine Ahnung hatte, was der Jäger meinte, trat hinter dem Baum hervor.

"Wovon redest du verdammt noch mal? Ich kenne dich nicht. Was habe ich mit deiner Familie zu tun und wieso bringst du meine Freunde um?"

"Oh, der feine Herr kennt mich nicht, na das können wir ändern." Unentwegt kratzte, rieb und schrubbte der Jäger über das Tattoo.

"Hier, siehst du das?", sagte er und streckte Jonny seinen Arm entgegen.

"Ich habe mir dieses Tattoo selbst gestochen. Es juckt und beißt wie bei einer Seuche. Genauso eine Plage wie du eine bist." Für einen kurzen Moment hielt der Jäger mit inne. Umso klarer aber waren seine nächsten Worte.

"Ich wollte deine Visage ständig bei mir tragen. Mich jeden beschissenen Tag an diesem Ebenbild weiden und später, wenn ich dir das Herz bei lebendigem Leibe herausgerissen habe, werde ich voller Erleichterung auf diese Maske des Schreckens schauen. Sie wird mich auf ewig daran erinnern, dass ich dir alles genommen habe. Und dass du genau solche Schmerzen gelitten hast, wie ich sie erleiden musste. Jetzt bist du allein, genauso wie ich vor vielen Jahren ohne Familie und Freunde war." Jonny schwieg die ganze Zeit und hörte zu. Doch er hatte keinen blassen Schimmer, wovon der Jäger sprach.

"Weißt du immer noch nicht, von wem ich rede, du Ausgeburt der Hölle?" Jonny, der keine Ahnung hatte, worauf der Jäger hinauswollte, zuckte mit den Schultern, ehe er sich zu einer Antwort aufraffte.

"Wie gesagt, ich kenne dich nicht und ich weiß nicht von wem oder was du redest. Wofür willst du mir die Schuld geben? Für dein eigenes Versagen?" Sie standen nur wenige Meter auseinander. Jonny wartete auf einen Fehler des Jägers, um den Mörder seiner Freunde zu überrumpeln. Bis es so weit war, wollte er ihn hinhalten und gleichzeitig provozieren.

"So so, du glaubst, dass ich ein Versager bin?" Das Gesicht des Jägers verzog sich zu einer hinterhältigen Grimasse.

"Was glaubst du, wer du bist? Ich zeige dir, wer hier ein Versager ist!" Die Augen des Jägers verengten sich zu Schlitzen, kurz bevor er sich mit einem Sprung auf Jonny stürzte. Geschickt wich dieser dem Angreifer aus. Der Jäger verfehlte sein Ziel und wäre um ein Haar gegen den Baum gekracht. Ein grollendes Stöhnen entwich dem Jäger, nachdem er begriff, wie schnell sein Widersacher war. Schon hatte Olle

Lindström sein Messer in der Hand, und Jonny zog das eigene.

Jasper harrte lautlos hinter dem Felsvorsprung aus. Lag flach auf den harten Boden und spähte über den Rand auf die Kampfhähne. Er war hin und her gerissen. Er wollte Jonny zur Seite stehen, doch konnte er seinen inneren Schweinehund nicht überwinden.

Jasper beobachtete fasziniert den grausigen Tanz, den die Männer unter ihm aufführten. Sein Plan war es, in einem günstigen Moment vom Felsen zu springen. Auf dem Rücken des Jägers landen und ihn dadurch zu Fall zu bringen. Aber es kam anders, als er es sich erhofft hatte.

Dann war es soweit und Jasper setzte zu einem kräftigen Sprung an. Seine Beine gingen in die Hocke, Sein Blick ruht auf dem Jäger und dann stieß er sich kraftvoll ab. Genau in dem Moment trat Jonnys Widersacher einen Schritt beiseite. Jasper verfehlte knapp sein Ziel und streifte den Arm des Jägers.

"Ach nee, ein Hinterhalt." Wutschnaubend ging der Angegriffene auf den jungen Mann los. Dass Messer hoch erhoben, stand er über dem Unglücksraben, der auf seinem Hosenboden saß und vor

Schreck sich nicht rühren konnte. Jasper sah die scharfe Klinge auf sich zurasen. Jeden Moment würde sein Körper vor Schmerzen zusammenzucken. In Anbetracht der Gefahr schloss er seine Augen. Sekunden verharrte er in dieser Position, doch nichts geschah. Millimeterweise öffnete er seine Lider und stieß den angehaltenen Atem befreit aus. Vom Jäger fehlte jede Spur. Doch der Kampf tobte hinter ihm weiter.

Olle Lindström rang wie ein Tobsüchtiger mit seinem Widersacher. Woher die Axt kam, die der Jäger über seinem Kopf schwang, konnte sich Jasper nicht erklären, aber er wusste, er musste eingreifen. Nur wenige Zentimeter trennten Jonnys Kopf von dem scharfen Blatt. In letzter Sekunde wich dieser aus. Ein kalter Luftzug zog an seinem Gesicht vorbei. Mit einem harten Tritt gegen das Schienbein schickte er den Jäger zu Boden. Sofort ergriff Jonny den Arm mit der Axt, kniete sich auf seinen Widersacher und verpasste ihm einen gigantischen Kinnhaken. Doch der Jäger war hart im Nehmen. Nur kurz flackerten seine Augen. Olle zog die Beine an und verpasste Jonny einen unfairen Tritt.

Der ungerechte Kampf mit der Axt ging in die zweite Runde.

Die Höhle

Jasper stürzte Jonny zur Hilfe. Seine Hand schon nach der Axt ausgestreckt, ging sein Griff er ins Leere. Kaum war Jasper nahe genug heran, da rollten sich die Kämpfenden schon über den kargen Steinboden. Verwirrt schaute er auf das Gemetzel, da blendete ihn ein einzelner Sonnenstrahl. Jonnys Messer, dass er im Kampf verloren hatte, reflektiert ihn. Überstürzt griff er danach und schnitt sich an der scharfen Klinge.

"Au, verdammte Scheiße", fluchend lief Japser Jonny zur Hilfe. Er wollte sich mit einem schrillen Kampfschrei in das Getümmel stürzen, da erkannte er nur ein menschliches Wollknäuel auf dem Boden hin und her rollen.

Die Kämpfenden waren dermaßen ineinander verflochten, dass Jasper nur Arme und Beine umherfliegen sah. Ein Baum, der ihnen im Weg stand, erzitterte unter ihrem Aufprall. Schwer atmend richteten sie die Feinde auf und erneut aufeinander los. Da stolperte Jonny über eine hervorstehende Wurzel und zog den Jäger mit zu Boden. Dem fiel bei dem unfreiwilligen Sturz die Axt aus der Hand.

Um Haaresbreite verfehlte sie Jaspers Fuß. Der junge Mann stand erschüttert da und starrte wie hypnotisiert auf die Waffe. Endlich erwachte er aus seiner Starre, ließ das Messer fallen und schnappte sich das schwere Kampfgerät.

Jonny, der sich inzwischen aufgerappelt hatte, drehte irrtümlicherweise dem Jäger den Rücken zu. Dieser kleine Augenblick der Unachtsamkeit reichte Lindström. Er rammte Jasper kraftvoll den Ellbogen in die Magengrube, schubste Jonny zur Seite und sprintete mit langen Schritten davon.

Während Jonny sich über seinen schmerzenden Arm rieb, richtete er sich an Jasper: "Alles in Ordnung?"

"Ja ja, komm, den schnappen wir uns!" Jasper drehte sich um die eigene Achse und wollte dem Killer hinterher, doch Jonny hielt ihn fest.

"Lass gut sein, den sehen wir bald wieder. Dafür hat er viel zu viel Hass in sich. Komm, ich will seine Höhle durchsuchen. Vermutlich finde ich da drinnen einen Hinweis, warum er diese Vendetta gegen mich führt."

"Ich frage mich, was du ihm und seiner Familie angetan hast, dass er so angepisst von dir ist. Hast du denn gar keine

Ahnung?" Jonny lauschte Jaspers Worten, wobei seine Gedanken hin und her sprangen. Was meinte der Jäger bloß? Aus heiterem Himmel kamen Erinnerungen zurück und eine junge, bildhübsche Frau aus einer längst vergangenen Zeit fiel ihm in den Sinn.

"Ist denn das die Möglichkeit ...? Der Bub war doch noch so klein ...", wisperte Jonny vollkommen in seine Erinnerungen abgetaucht.

"Was stammelst du da?" Jasper holte ihn aus seiner Gedankenwelt zurück.

"Ich überlege nur laut." Ohne auf Jaspers verwunderten Blick einzugehen, lief Jonny in den Unterschlupf des Jägers. Wie ein Berserker durchpflügte die Höhle. Kein Stein blieb auf dem anderen.

Das selbstgezimmerte schiefe Regal schmiss er quer durch den Raum und wütete im Dreck, bis ihm das einzige Buch, das es in diesem Versteck gab, in die Hände fiel. Erregt blätterte er die Seiten durch. Enttäuscht schmiss er es in eine Ecke. Zu seiner großen Verblüffung fiel ein einzelnes Foto heraus, dass er vorher übersehen hatte.

"Oh Gott, nein, das kann nicht wahr sein." Der vage Verdacht erhärtete sich in diesem Fall schwarz auf weiß. Erneut in die Erinnerung versunken fuhr er sich mit der Hand durch den Bart. Zu intensiv übermannten ihn die Gefühle einer längst vergessenen Liebelei.

"Was ist los? Was hast du gefunden?" Mit zwei Schritten war Jasper bei Jonny. Der erste Reflex des bärtigen Mannes war, das Foto zu verstecken, doch der junge Mann war schneller. Er entriss Jonny den Schnappschuss und stieß einen leisen Pfiff aus.

"Wer ist denn diese heiße Braut? Seine Schwester?"

Jonny sah Jasper unverhohlen feindselig an. Barsch antwortete er dem Grünschnabel: "Das geht dich nichts an."

"Hey, warum so heftig? Was habe ich denn gesagt? Scheiße, Du kennst sie! Stimmt´s? Wer ist das da auf dem Bild? Ist sie der Grund, warum er stinksauer auf dich ist?"

"Ja. Nein. Ach verdammt, ich weiß es doch auch nicht. Lass es gut sein." Mit festem Blick schaute Jonny Jasper in seine kastanienbraunen Augen.

Doch der ließ sich nicht beirren und fragte wie ein kleines Kind weiter.

"Komm schon, erzähl. Wer ist diese Frau? Und was hat der Killer mit ihr zu schaffen? Ist der Kerl womöglich dein unehelicher Sohn?" Genervt rastete Jonny aus.

"Nein, er ist nicht mein Sohn! Er war damals zwei oder drei Jahre alt." Mit einem lang gezogenen bewundernden Pfiff löste Jasper die Spannung und Jonny setzte sich schwerfällig auf den einzig intakten Hocker und begann zu erzählen.

"Ich war damals kaum älter als du heute, ziemlich grün hinter den Ohren und war auf der Durchreise in den Norden des Landes. Wie es der Zufall wollte, lernte ich diese Frau in einem kleinen Lebensmittelgeschäft kennen. Ihre natürliche Art gefiel mir und wir kamen ins Gespräch. Zusammen verließen wir den Laden und sie lud mich auf eine Tasse Kaffee ein. Ihr Mann kam spät abends nach Hause und er bot mir an, ein paar Tage zu bleiben. Im Gegenzug könnte ich für ihn ein paar Arbeiten erledigen. Er war Betriebsleiter in einem Sägewerk und kam nicht dazu, die nötigen Reparaturen in Haus und Garten selbst vorzunehmen. Für kostenlose Verpflegung und einen warmen Platz zum Schlafen willigte ich gerne ein, bis ich meine Zelte wieder abbrechen würde. Da ich es nicht eilig hatte, arbeitete ich gemächlich und verbrachte meine Zeit lieber mit der Hausherrin und ihrem Sohn. Die junge Frau und Mutter war oft allein. Wenn ihr Mann abends nach Hause kam, war er meist zu müde und genervt. So führte eins zum anderen. Die ersten Tage redeten wir viel und ... Wie dem auch sei, um die Geschichte abzukürzen, eines Tages, als ihr Sohn mittags sein Schläfchen hielt, hielten wir auch eines, wenn du verstehst, was ich meine."

"Oh verdammt, du hast sie gefi..., gepoppt. Das konnte nicht gut gehen", platzte es aus Jasper heraus.

"Hey, hey, ich verbitte mir diese Ausdrucksweise. Wir hatten eine angenehme Zeit, bis ihr Mann dahintergekommen ist und ich Hals über Kopf meine Sachen zusammenpacken und verschwinden musste. Danach habe ich nie wieder etwas von ihnen gehört und ich habe mich nicht getraut nachzuforschen." Stille breitete sich in der Höhle aus, nur durch ihre schweren Atemzüge unterbrochen.

"Na ja ..." Jasper verfiel wieder in seine alte Sprachweise.

"Packen wir es an und schnappen uns diesen Mörder. Ich will Rache und ich will, dass meine Freundin ihren Seelenfrieden wiederfindet. Und, na ja, wie du mit dieser ganzen Sache umgehst, das musst du selbst wissen. Aber ich würde ihn bis auf die Knochen briefen." Jonny schaute Jasper verständnislos an.

"Das ist so eine Floskel. Ihn zur Rede stellen, ihn befragen oder ihn ausquetschen; nenn es, wie du willst." Schwerfällig nickte Jonny.

"Es würde mich nur interessieren, welche Rolle die Krallenspuren spielen und warum er seine Opfer ausweidet? Hast du eine Ahnung?" Doch Jonny schüttelte nur traurig sein Haupt.

Derweilen schlich der Jäger zornig vor seiner Höhle auf und ab und belauschte die beiden.

"Wenn ich doch nur an meine Waffen käme, dann wäre der Spuk bald zu Ende", durch flutete ihm permanent ein einziger Gedanke.

Doch die waren in den verschlungenen Stollen der Höhle verstaut. Auf keinen Fall wollte er es riskieren, einen der anderen Eingänge aufzusuchen. So blieb ihm nichts weiter übrig, als wie ein wildgewordener

Stier vor der Höhle ungestüm auf und ab zu wandern.

Während er mit einem Ohr dem Gespräch in der Höhle lauschte, grübelte er, wie er seine Rachegelüste in die Tat umsetzen konnte. Denn eines war sicher: Er würde Jonny leiden lassen, und zwar lange. Bis der ihn anflehte, seinem unwürdigen Leben ein Ende zu setzen. Ein fieses Grinsen zog sich über sein ausgemergeltes Gesicht. Da er die Zeremonie schon vor sich sah, wie er…

Ja, wie er seinem Widersacher jeden Zehnagel einzeln herausreißen würde. Ihm eine glühend heiße Nadel durch die Zunge stechen. Ihm seinen verdammten Schwanz stückchenweise abschneiden und den Brustkorb mit den spitzesten und schärfsten Krallen aus seiner Sammlung langsam aufritzen. Er würde die schmerzvollen Schreie genießen, bis er ihm sein Herz herausriss. Wie ein stolzer Krieger würde er die Trophäe in den Himmel recken, während der Wind seine Jubelschreie davontrüge. All das würde die Zeit nicht zurückdrehen, aber er hätte eine kleine Genugtuung für all seine vergangenen Leiden.

Aus seiner Traumwelt aufgeschreckt, versteckte der Jäger sich hinter dem dicken Baum. Keine Sekunde zu früh.

Jonny kam mit schleichenden Schritten aus der Höhle. Er sah wie ein gebrochener alter Mann aus. Jeder Lebenswille schien ihm entwichen zu sein.

"Was hältst du von meinem Plan?", schallte Jaspers Stimme zum Jäger hinüber. Jonny nickte nur mühsam mit dem Kopf. Er wirkte völlig teilnahmslos.

"Hör auf, wie ein alter sterbenskranker Mann durch die Gegend zu schlurfen! Es ist nicht deine Schuld, dass die Ehe zerbrach und seine Mutter verrückt wurde."

"Halt die Klappe. Du hast doch keine Ahnung."

"Hey, schon vergessen? Ich stand neben dir, als du in diesem Tagebuch umher geblättert hast. Wir haben beide die gleichen Zeilen gelesen. Seine Mutter war schon vorher geistesgestört und du hast eben nur das Fass zum Überlaufen gebracht. Mehr nicht."

"Oh ja, in deinem Alter nimmt man vieles leichter. Aber ich trage die Schuld, dass der arme Junge ohne Eltern aufwuchs und eine fürchterliche Kindheit in einem Waisenhaus verbrachte. Ich verstehe sogar seinen Zorn.

An seiner Stelle würde ich genauso handeln. Darum lass die blöden Sprüche und geh zu deiner Freundin. Bring sie nach Hause. Vergiss die Scheiße hier. Mir ist egal, was aus mir wird."

"Ich werde das nicht zulassen. Ich schulde dir mein Leben und das meiner Freundin. Du kannst nicht zu ihm gehen und dich ihm ausliefern. Da mache ich nicht mit."

"Wir werden jetzt und hier getrennte Wege gehen. Du hast mit all dem nichts zu tun."

"Oh nein, da irrst du dich. Er hat genauso meine Freunde umgebracht wie deine, darum wird es nicht so ablaufen, wie du es dir vorstellst. Ich habe dir meinen Plan erklärt und genauso werden wir den Bastard schnappen." Jasper wollte endlich seine Rache.

"Wir sind uns zufällig über den Weg gelaufen und jetzt sind deine Freunde tot", hielt Jonny dagegen.

"Dieser gestörte Killer tötet jeden, der mir zu nahekommt, ohne Ausnahme. Geht das endlich in dein Spatzenhirn rein?!" Das Letzte hatte Jonny Jasper entgegen gebrüllt. Beleidigt schaute er weg. Wütend ballte er seine Hand zur Faust.

"Gehen wir", flüsterte Jasper, den eine innere Unruhe antrieb.

Erneut treffen die Widersacher aufeinander

Der Jäger kniete fassungslos hinter dem Baum und traute seinen Ohren nicht. Sein ärgster Feind will sich ihm ausliefern. Was für eine Demütigung! Der Jäger wollte nicht, dass Jonny aufgab. Das wäre für ihn ein armseliges Eingeständnis seiner Schuld. Weshalb er ihn und den Jungspund ziehen ließ.

Inzwischen war Kommissar Sventjen auf den Weg zum Sammelpunkt. Er hatte das Gebiet auf der Landkarte eingekreist und den Fokus der Ermittlungen auf die Gegend um Avesta verlegt. Er wollte als Ansprechpartner des Suchtrupps vor Ort sein, da es ein großes, unübersichtliches Gelände war, in dem der Jäger sein Unwesen trieb. Kurz nach seiner Abfahrt vom Präsidium kam ein Funkspruch rein: "Kommissar Sventjen, wir haben zwei verdächtige männliche Personen aufgegriffen. Sollen wir sie aufs Revier bringen?"

Kurz überlegte der Kommissar, entschied dann: "Nein, haltet sie fest, ich bin gleich da. Wer sind diese Verdächtigen und wo genau steckt ihr jetzt?"

"Wir sind an der Kreuzung kurz hinter Mästerbo. Bis nach Avesta, von wo aus wir die Suche anpacken, ist es nicht mehr weit." Eine kurze Pause setzte ein. Über den Äther erklang unverständliches Geschwafel. Kommissar Sventjen wollte schon die Verbindung kappen, da kam noch einmal die Stimme des jungen Polizisten durch den Äther.

"Jasper Jung und Jonny Langström, so ihre Namen, wollen nur mit dem Kommissar reden, der Kimberly Müller und Monika Schwarz verhört hat. Kennen sie die beiden Frauen?"

"Okay ich bin gleich bei euch. Wir treffen uns beim Naturreservat." Der Kommissar kappte die Verbindung. Mit Vollgas rauschte er über die Straße. Am Waldweg angekommen, musste er seine Geschwindigkeit erheblich drosseln, was ihm einen unschönen Fluch auf die Lippen brachte. Es dauerte ihm eindeutig zu lange, bis er den Suchtrupp erreichte.

"Gebt mir eine kurze Zusammenfassung." Kein Wort des Grußes, nur der barsche Befehl an die Untergebenen. Beflissen erstattete der junge Polizist Bericht und begleitete den Kommissar zu den beiden Männern.

"Was suchen Sie hier draußen? Sie, ja Sie", wobei der Kommissar auf Jasper zeigte.

"Sie sollten bei Ihrer Freundin sein. Die Ärmste ist krank vor Sorge. Und was ist mit dem anderen, Ihrem Freund; Denny, glaube ich, war sein Name?" Der Kommissar plusterte sich wie ein Pfau auf, wobei sein Gesicht eine rötliche Farbe annahm.

"Und Sie", richtete Kommissar Sventjen das Wort an Jonny, ohne Jasper überhaupt die Chance zu lassen, zu antworten.

"Mit Ihnen habe ich ein Hühnchen zu rupfen. Was soll das hier werden? Warum haben Sie sich nicht bei uns gemeldet, nachdem Sie Marvin Persón und Cynthia Oldson gefunden haben? Sie hätten uns viele Scherereien erspart, wenn Sie gleich zur Polizei gekommen wären. Sie haben wichtige Informationen wissentlich zurückgehalten, darüber werden wir noch reden müssen." Der Kommissar bohrte seinen Zeigefinger in Jonnys Brustkorb.

"Und jetzt will ich auf den neuesten Stand gebracht werden. Wissen Sie, wo sich Olle Lindström aufhält? Und wo treibt sich dieser Denny Schwank rum, der von seiner Freundin als vermisst gemeldet wurde? Was können sie mir sagen?" Sventjens Blick wanderte ungeduldig von einem zum anderen.

Jonny riss sich zusammen und berichtete knurrend von der Höhle, die dem Jäger als Versteck diente, von dem Waffenarsenal in einem der vielen Seitengänge, und dass man die Leichen von Jaspers Freunden in der Hütte finden würde. Wo ebenso Denny, den sie tot aufgefunden hatten, lag. Nur warum der Jäger überhaupt hinter Jonny her war, das verschwieg er vorsorglich.

"Gut, gut. Und wohin, glauben Sie, ist der Mann verschwunden, nachdem Sie miteinander gekämpft hatten? Hat einer von euch darauf geachtet?"

"Na ja, ich glaube, er ist überhaupt nicht fortgelaufen." Jasper stand die Hände hilflos ausgebreitend vor dem Kommissar.

"Was soll das denn nun schon wieder bedeuten?" Dem Kommissar riss allmählich der Geduldsfaden. Er wollte unter allen Umständen diesen Mörder dingfest machen.

"Na ja, ich hatte ein komisches Gefühl, als wir vor der Höhle diskutierten", stotterte Jasper.

"Ach so du hattest ein komisches Gefühl. Das erklärt natürlich die Sache", die Stimme des Kommissars triefte nur so vor Hohn.

"Hören Sie auf, der Junge ist ein Tourist und seine Situation schon katastrophal genug. Ihr herrisches Veralten ist nicht gerade hilfreich und wir müssen uns solch eine Behandlung von ihnen nicht bieten lassen", mischte sich Jonny ein. Kommissar Sventjen schnappte kurz nach Luft. Er wollte schon zu Widerworte ansetzen, doch dann entschied er sich anders.

"Okay, okay du hast ja recht. Was denkst du? Was hat Olle Lindström vor? Rate einfach." Sventjen zeigte sich versöhnlich. Er konnte seinen Frust nicht an Zivilisten auslassen, die nur um ihr nacktes Überleben kämpften.

Jonny war nicht nach Raten zumute. Niedergeschlagen schüttelte er den Kopf und Jasper zuckte verhalten mit den Schultern. Er wollte nicht erneut einem Wutanfall des Kommissars ausgesetzt sein.

"Okay, Sie können uns nicht weiterhelfen, also werde ich euch alle nach Stockholm bringen lassen. Alles Weitere übernehmen wir hier vor Ort."

"Ich glaube nicht", intervenierte Jonny.

"Er will mich und ich werde nicht wie ein feiger Hund fortlaufen. Dieser Kerl hat meine Freunde getötet und meinem Hund die Eingeweide rausgeschnitten. Er gehört mir und es ist mir egal, was die Polizei dazu sagt." Mit fester Stimme und trotzigem Gesichtsausdruck schaute Jonny den Kommissar an.

Der Kommissar wiederum kapierte, dass Jonny unter keinen Umständen seine Meinung ändern würde. Es blieben ihm zwei Optionen, entweder ließ er Jonny einsperren oder er beteiligte ihn an der Suche. Auf keinen Fall wollte der Kommissar, dass die beiden Haudegen allein loszogen. Weshalb er schweren Herzens einwilligte. Wobei er von Jonnys Einwand überrascht wurde.

"Ich werde allein vorausgehen und ihm eine Botschaft in seiner Höhle hinterlassen, dass wir uns bei Fullsta treffen. Er will mich und er wird dort auftauchen. Ihr könnt euch vorab dort in den einzelnen Häusern verbarrikadieren und ihn festnehmen." Misstrauisch begutachtete der Kommissar Jonny.

"Was wissen sie? Rücken sie raus mit der Sprache! Sie erzählen uns nicht alles und wenn ich mich auf dieses Abenteuer einlasse, will ich wissen, was los ist. Also, woher kennen sie Olle Lindström?" Jonny rang mit sich. Sein kleiner Fehltritt von vor vielen Jahren betraf den Kommissar nicht.

Jasper, der schweigend die Szenerie beobachtet hatte, stieß Jonny leicht an. Mit einem ermutigenden Kopfnicken half er seinem neuen Freund bei der Entscheidung. Stockend berichtete Jonny von dem Tagebuch und welche Rolle er in der Geschichte spielte.

"Okay, wir werden ihren Vorschlag annehmen. Sie gehen zur Höhle zurück und ich schicke meine Leute nach Fullsta. Sie wissen, ich darf ihnen keine Waffe anvertrauen, darum passen sie auf sich auf." Der Kommissar reagierte überaus freundlich, nachdem Jonny seine Vergangenheit preisgegeben hatte.

"Und was ist mit mir? Immerhin hat er meine Freunde ausgeweidet. Ich will meine Rache", spie Jasper bockig aus.

"Sie junger Mann bleiben zu ihrer eigenen Sicherheit im Einsatzwagen und verhalten sich ruhig. Leider habe ich nicht genug Leute, sonst wären sie schon auf direktem Wege zu ihrer Freundin." Die Augen zu Schlitzen verengt, schaute der Kommissar Jasper streng an. Dem nichts anderes übrig blieb, als sich den Anweisungen zu fügen.

Kurz beratschlagten sich Jonny und der Kommissar, ehe der Hüne zur Höhle aufbrach. Inzwischen hatte Sventjen sich mit einer Landkarte ausgestattet und übernahm die Verteilung seine Leute rund um das Gebiet von Fullsta.

Es dauerte nicht lang und Jonny stand erneut vor dem Eingang der Höhle. Unschlüssig über seine nächsten Schritte verharrte er davor. Mit einem Stück Kreide aus einer seine unzähligen Jackentaschen hinterließ er seine Nachricht überdeutlich an einem Felsen neben dem Eingang. Augenblicklich machte er sich auf den Weg nach Fullsta, da hörte er deutliche Schritte hinter sich.

"Warum sollte ich noch länger warten? Ich habe deinen Rücken im Visier. Ich bräuchte nur abzudrücken und hätte endlich meine Ruhe. Aber das wäre keine Genugtuung für mich. Ich will dich leiden sehen", während der Jäger sprach, drehte Jonny sich langsam zu ihn um.

"Dann tu es und wir haben beide unseren Seelenfrieden. Aber vorher hätte ich ein paar Fragen."

"Wieso lange reden? Du hast vor Jahren deine Entscheidung getroffen und meine Familie zerstört. Wegen dir hat sich mein Vater scheiden lassen und mich, seinen Sohn, nicht länger anerkannt und verstoßen. Meine Mutter verkraftete die ganze Situation nicht, sie ist dem Wahnsinn verfallen und ich musste in einem Waisenhaus aufwachsen. Was soll es da denn zu reden geben?" Der Jäger zielte auf Jonnys Bauch, sein Entschluss stand fest. Er würde seinen Widersacher nicht töten, nur verletzen und dann mitnehmen. Angeschossen würde der Kerl weniger Schererein machen.

Es war ein glatter Durchschuss. Die Kugel drang in der Hüfte ein und kam, ohne großen Schaden anzurichten, am Rücken wieder raus. Jonny, der nicht auf den Schuss gefasst gewesen war, durchfuhr ein gewaltiger Schmerz. Verkrümmt lag er am Boden und war dem Jäger hilflos ausgeliefert.

"Keine Sorge, wenn ich gewollt hätte, dass du stirbst, hätte ich etwas höher gezielt. So wird es ein Vergnügen werden, dir deine Gedärme bei lebendigem Leibe herauszuschneiden", knurrte der Jäger. Er kniete sich neben seinen verhassten Feind. Schnitt mit dem scharfen Messer die Jacke auf, wobei einige der Knöpfe davonsprangen. Jonny stand kurz vor einer Ohnmacht. Mit eisernem Willen versuchte er, die Bewegungen des Jägers zu verfolgen, wobei vereinzelte Satzteile wie "Herz rausschneiden" und "dem Aas zum Fraß vorwerfen" in sein Bewusstsein drangen.

Dem Jäger war klar, dass er Jonny schnellstmöglich einen Verband anlegen musste oder er würde auf den Weg zu seiner letzten Ruhestätte verbluten. Was ihm den ganzen Spaß rauben würde. Schnell hantierte er an seinem Erzfeind umher, als er lautes Getrampel hinter sich hörte.

"Verflucht und zugenäht", murmelte Olle und schaute in die Richtung, aus der der Lärm kam.

"Tja, dumm gelaufen für dich, jetzt musst du ein wenig länger warten, bevor ich dich in Ruhe zerfetze wie ein wildes Tier." Olle griff nach Jonnys Füßen und zog ihn tiefer in den Wald. Dabei verfingen sich dessen Arme in umherliegenden Ästen. Immer wieder musste Olle anhalten und Jonny aus dem Dickicht befreien. Kurzerhand schulterte er sich den großen Mann.

Wie ein nasser Sack hing Jonny über den Rücken seines Feindes und rührte sich nicht mehr. Im Laufen warf der Jäger das Gewehr in einen dornigen Busch und zückte sein Messer, bereit, jeden, der sich ihm in den Weg stellte, abzustechen.

Der Jäger wird zum Gejagten

Kurzentschlossen sammelte Kommissar Sventjen seine engsten Mitarbeiter ein und marschierte mit ihnen zur Höhle rauf. Zu dem einsamen Fleckchen, denn Jonny mit einem unübersehbaren Kreuz auf der Landkarte verzeichnet hatte. Sie hatten die Hälfte des Weges hinter sich gebracht, da echote ein einzelner Schuss durch das Dickicht.

"Verdammt, von wo kam das?" Jeder, der beim Kommissar stand, zuckte ratlos mit den Schultern.

"Okay, ausschwärmen." Mit knappen Befehlen abgesichert durch Zurufe, durchkämmten sie die nahe Umgebung. Es dauerte nicht lange und Mareike rief ihre Kollegen zu sich: "Hierher, hier ist etwas!"

Alle stürzten in Mareikes Richtung. Der Kommissar kam schwer atmend angerannt. Die Spuren sprachen eine eindeutige Sprache.

"Hmmm, komisch", gedankenverloren strich sich Sventjen über seine Glatze, bevor er weitersprach: "Wir gehen der Schleifspur nach. Ich will wissen, was hier passiert ist."

"Chef, warte mal, siehst du das? Ist das nicht ein Knopf von der Jacke dieses Jonny

Langström? Die sind mir schon bei eurem Gespräch aufgefallen. Eine echte Wildlederjacke mit solchen blitzenden Knöpfen ist eher selten in unserer Gegend."

"Verdammt noch mal, er sollte doch schon längst bei Fullsta sein. Was ist hier nur passiert? Gibt es Anzeichen für einen Kampf?" Wütend über die eigene Nachlässigkeit, strich sich Sventjen aufgeregt über seine Glatze. Unvermittelt brüllte er los: "Okay, Augen auf Leute. Der Jäger ist uns einen Schritt voraus. Wir suchen Olle Lindström und Jonny Langström. Sie können noch nicht weit sein. Mareike, du bleibst hier und untersuchst die Höhle. Wir folgen der Blutspur. Also los."

Keuchend schleppte der Jäger den schweren Leib Jonnys den Berg hinunter, zu einem seiner unzähligen Verstecke im Wald. Eiligst räumte er einige Äste zur Seite, da drang das Gebrüll des Kommissars an sein Ohr. Grob zog er Jonny in den Eingang. Immer tiefer ging es in den unterirdischen Tunnel hinein. Dort deponierte er Jonny vorübergehend. Auf eine Fessel verzichtete der Jäger. Der hohe Blutverlust seines Widersachers würde ihn für eine geraume Zeit mattsetzen.

Schleunigst sprintete Olle Lindström den Weg zurück. Mit einem dicken Ast verwischte er die blutige Spur. In letzter Sekunde rettete er sich in Deckung, da erschienen auch schon die Polizisten zwischen den Bäumen.

Eiskalt beobachtete er den kleinen Trupp, wie sie sich im Schneckentempo den Berg hinab bewegten. Geduldig wartete der Jäger im Dickicht, bis die Gesetzeshüter außer Hörweite waren. Aufputschend rieb er sich die Hände. Jetzt war es an der Zeit sich in Ruhe, um eine andere Person zu kümmern.

Zu seinem Glück war Jonnys Widersacher im nahen Gebüsch, als der Kommissar bei dem kleinen Aufgebot der Polizei ankam. Geschickt brachte er sich ungesehen in Hörweite und belauschte das Gespräch zwischen Jonny und dem Kommissar. Er kannte daher die Pläne des Polizisten und wollte sie ihm gründlich verderben. Aus sicherer Entfernung spionierte er die Gruppe aus, wobei ihm die Flucht des Jünglings nicht entging. Jetzt war es an der Zeit, die Verfolgung aufzunehmen. Zumal der Jungspund ihn lang genug geärgert hatte.

Jasper, der sich in der Gegend nicht auskannte, lief er schnurstracks auf der asphaltierten Straße. Er empfand es als eine Frechheit, ihn allein im Streifenwagen zurückzulassen.

"Wie kann er es wagen, mich auszuschließen. Ich bin nicht irgendein dahergelaufener Trottel. Meine Freunde liegen Tod und ausgeweidet in der alten Hütte. Verdammter Mist, wären wir nur nicht hierher gekommen. Kim hatte recht mit ihrem unguten Gefühl. Gott sei Dank ist sie in Sicherheit." Wütend trat Jasper nach einem losen Stein, der auf der Fahrspur lag. Wütend plapperte er vor sich hin, auf den Weg zu seiner Freundin. Nachdem die erste Raserei abgeklungen war, versuchte er seine Stimmung zu heben. Laut und falsch pfiff er einen Oldie, wobei er nicht bemerkte, dass er beobachtet wurde.

Der Jäger musste Gas geben, um den jungen Mann einzuholen. Er rannte zwischen den Bäumen der Straße entgegen. Die Abkürzung durch den Wald verschaffte ihm einen Vorteil und bald erkannte er die Konturen des Jungspunds. Aus sicherer Deckung verfolgte er ihn und wartete auf die richtige Gelegenheit. Jasper, der ein dringendes Geschäft erledigen musste, bog auf einen Feldweg ab. Nur wenige Schritte trennten ihn von einer farbenfrohen Wiese.

Das war die Chance für den Jäger. Das Messer hoch erhoben, sprang er urplötzlich hinter einen Baum hervor. Jasper, der in Gedanken versunken, soeben Wasser abgelassen hatte, erschrak fast zu Tode und plumpste sich auf sein Hinterteil. Reflexartig hob er seine Arme.

"Was gibst du für ein lächerliches Bild ab. Dein Schwanz aus der Hose, sitzt du wie ein verschrecktes Kind auf dem Hosenboden. Du bist und wirst nie gut genug für meine Auserwählte sein. Was für ein armseliges Würstchen du doch bist." Jasper versuchte die Worte des Jägers zu verdauen, da sah er das Messer auf sich zukommen. Umständlich probierte er aufzustehen, doch zu spät.

Sein Gegenüber rammte ihm das Messer in die Seite, zog es in einer fließenden Bewegung heraus und stach erneut zu. Obwohl er keine wichtigen Organe getroffen hatte, flossen Unmengen Blut. Erstarrt in der Bewegung, schaute Jasper ungläubig auf seine blutverschmierten Finger. Verstört prallte er zurück, das war die Gelegenheit für den Jäger. Blindwütig stach er auf den jungen Mann vor ihm ein. Aufgeschreckt von einem ohrenbetäubenden Lärm ließ Olle Lindström von seinem Opfer ab und verschwand ins Dickicht. Blutend schleppte Jasper sich auf die Lichtung. In einem Meer aus Margeriten verließen ihm die Kräfte.

Ein Hubschrauber erschien über den Baumwipfeln und kreise über der Wiese. Der Jäger, der Hals über Kopf floh, warf wutschnaubend er einen gehässigen Blick zurück, bevor er zwischen den Bäumen verschwand. Der Pilot der metallenen Libelle sah eine Bewegung unter sich. Im Sinkflug erblickte er den blutüberströmten Körper und setzte zur Landung an.

Der Jäger schielte zwischen den Bäumen hindurch und beobachtete den Abtransport des Schwerverletzten.

"Ich hoffe für dich, dass du nicht überlebst. Ich werde dich finden, egal wo du dich versteckst", frustriert über die Störung, wisperte Lindström seine Verachtung hinaus.

Auf Umwegen musste der Jäger zurück, zu seinem Unterschlupf, in dem Jonny verborgen lag. Kreuz und quer quälten sich mittlerweile Polizisten in dem unwegsamen Gelände und suchten nach einer Spur von Jonny. Lange musste der Jäger auf einem Beobachtungsposten ausharren, ehe er zu seinem Versteck gelangte. Sein Widersacher regte sich immer noch nicht. Kurzerhand schulterte er sich den Bewusstlosen und machte sich auf den Weg zu einem idealen Zufluchtsort.

Kaum war der Jäger mit seinem Erzfeind unterwegs, da erklangen hinter ihm schwere Schritte. Blitzschnell verkroch er sich im Gebüsch. Er erkannte allerdings nur eine schemenhafte Gestalt durch das Blätterwerk.

Der Schattenmensch polterte an dem Jäger vorbei. Olle Lindström kroch hinter dem Baumstamm hervor, schaute sich in alle Richtungen um, als er ein lautes Knacken vernahm. Nicht weit von ihm, aktivierte der Schattenmensch das Funkgerät und lauschte dem Funkspruch.

"Ein Pressehelikopter entdeckte auf einer nahen Wiese einen Schwerverletzten. Den Angaben zufolge ist es nicht unser gesuchter Mann. Der Touristen wurde augenblicklich ins Krankenhaus transportiert. Drei Mann machen sich umgehend auf den Weg dahin und untersuchen die nähere Umgebung auf etwaige Spuren. Der Rest der Truppe bleibt auf seinem Weg." Erneut erklang dieses typische Knarzen und die Verbindung war unterbrochen.

"Was für ein blödsinniges Unterfangen. Der Kerl kann schon sonst wo sein und wir stiefeln hier über Stock und Stein, nur damit der Herr Kommissar befriedigt behaupten kann, er hätte alles Erdenkliche getan." Gefrustet ließ der Polizist Dampf ab, ehe er weiterzog. Der Jäger konnte sich ein hämisches Grinsen nicht verkneifen und nachdem die letzten Geräusche verstummt waren, zog er mit seiner schweren Last weiter. Für den Kommissar und seinem Team blieb die Suche erfolglos. Der Jäger und Jonny waren spurlos verschwunden.

Inzwischen fuhr Sventjen mit seinen Leuten zum vereinbarten Treffpunkt. Elias, der neben dem Kommissar saß, erinnerte sich an ein kleines Detail und brüllte die Frontscheibe an: "Bleib stehen."

Sventjen, der seine Gedanken sortierte, erschrak beinahe zu Tode und riss reflexartig das Steuer herum. Geistesgegenwärtig zog Elias die Handbremse und sie verfehlten nur knapp eine dicke Eiche. Mit quietschenden Reifen, eine schwarze Bremsspur auf dem Asphalt hinterlassend und die Luft nach verbranntem Gummi verpestend, kamen sie zum Stehen. Der Kommissar schaltete seinen Jeep mit zitternden Händen aus und maulte seinen Kollegen an: "Sag mal, hast du sie noch alle? Das war verdammt knapp. Du kannst dich nicht wie ein Verrückter hier losbrüllen."

"Entschuldige, aber mir ist etwas Wichtiges eingefallen." Schnell riss Elias die Beifahrertür auf, denn vor den Händen, die sich auf ihn zubewegten, wollte er unbedingt Reißaus nehmen. Kommissar Sventjen stand kurz davor, seinen Kollegen und Freund zu erdrosseln. Schweißgebadet verließen alle das Fahrzeug. Atmeten tief durch und lauschten dem Gedankenblitz von Elias.

"Dieser Lindström ist doch hier in der Gegend aufgewachsen! Wenn ich mich richtig erinnere, wohnte seine Familie in Norberg. Das ist nicht weit von hier. Das alte Sägewerk, jedenfalls das was davon noch übrig ist, liegt hinter den nächsten Abbiegungen. Sein Vater war dort Vorarbeiter. Was, wenn er auf dem Weg zum Sägewerk ist?", Elias schaute seinen Chef triumphierend an.

"Ach du heilige Scheiße!" Mit der flachen Hand schlug sich der Kommissar gegen die Stirn.

"Ich verdammter Idiot, warum bin ich nicht selbst darauf gekommen? Er will zum alten Sägewerk seines Vaters. Gut gemacht, Elias."

"Okay wir rufen die Leute zurück. Die Sache bei Fullsta ist abgeblasen. Jeder verfügbare Polizist soll sich unvermittelt auf den Weg zum Sägewerk machen. Leite das in die Wege, Elias."

Von jetzt an ging alles sehr schnell. Ein Funkspruch an die Zentrale, die die Kollegen zum Sägewerk beorderten. Ein Team zum Grundstück der Familie, dort sollte sicherheitshalber einige Polizisten warten, falls Lindström auftaucht. Aber Sventjen setzte darauf, dass der Jäger Jonny in das verrottende Sägewerk schleppte. Laut Bericht eines Psychologen aus dem Kinderheim hasste Olle Lindström seinen Vater aus tiefstem Herzen. Er hatte ihm nie verziehen, dass er seine Familie im Stich ließ.

"Glaubst du, dass sich der Hass eines kleinen Jungen über die Jahre hinweg ins Unermessliche steigern kann?", wollte Elias von der Profilerin Mareike wissen.

Kommissar Sventjen antwortete an ihrer Stelle: "Wenn ich die Ausführungen des Psychologen richtig verstanden habe, wurde sein Hass mit den Jahren tiefer, je länger er in dem Kinderheim war. Er hatte es dort nicht leicht, und der Seelenklempner meinte, seine Gewaltausbrüche nahmen zu, je älter er wurde."

"Was ist dein Plan Chef? Wenn er sich in der Sägerei verschanzt, wird es schwer, ihn aufzuspüren."

"Wir müssen erst einmal einen Überblick über das Gelände bekommen. Ich fordere einen Hubschrauber an. Wir machen einen kleinen Rundflug und mit ein bisschen Glück ...", der Kommissar beendete seinen Satz nicht, denn Glück war etwas, was es in seinem Beruf nicht gab. Eine Erkenntnis, an die er sich selbst immer wieder erinnern musste.

Das Sägewerk

Olle Lindström war unterwegs mit seiner schweren Last. Er hatte sich Jonny geschultert und marschierte auf dem kürzesten Weg zum Sägewerk. Mit jedem Schritt verließen ihm die Kräfte, doch er gab nicht auf und erkannte er die Umrisse der alten Gebäude.

Der alte Maschendrahtzaun hatte in den Jahren an Stabilität nachgelassen, und so war es für Olle ein Leichtes, seine Fracht auf das weitläufige Gelände zu bringen. Er war diesen Weg so oft gegangen, dass er ihn im Schlaf kannte. Zielsicher steuerte er die große Halle mit den Büros an.

Jonny, mehr tot als lebendig, stöhnte kurz auf, als der Jäger ihn über den kargen Betonboden zerrte. Seine jahrelang gehegten Rachepläne hatte er wegen des Einzugs der jungen Leute in der Olson-Hütte kurzerhand umändern müssen. Im Nachhinein gefiel ihm diese alte Ruine sogar besser. Der abgestandene Geruch von Holz und Staub verpasste seinem Vorhaben ein spezielles Flair.

Die Möbel aus dem ehemaligen Büro seines Vaters waren schon lange nicht mehr vorhanden. Der Jäger hatte für seinen

Racheplan eigens ein Bett mit eisernem Gestell und ein Rolltisch besorgt. An der Decke befestigte er dicke Haken mit Karabinerverschluss. Sein Werkzeug, verschieden Messer, ein Vorschlaghammer und einige Nägel, lagen griffbereit auf dem kleinen Tisch. Der dunkle Korpus einer Kamera lag neben dem Hammer griffbereit.

Hinter dem Bett stand ein Infusionsständer mit Beuteln voller Kochsalzlösung parat. Der Jäger wollte so lang wie möglich die Tortur seines Widersachers hinausziehen. Die Flüssigkeit hatte Olle aus dem Internet besorgt, um den Kreislauf seines Opfers zu stützen.

Am Ende seiner Kräfte wuchtete der Jäger den Hünen aufs Bett, der dort besinnungslos liegen blieb. Von oben herab, schaute Olle Lindström verächtlich auf den großen Mann.

"Hey, hörst du mich?" Der Jäger gab seinem Opfer ein paar schallende Ohrfeigen.

"Als Erstes werde ich mich um deine Wunde kümmern. Ich will nicht, dass du abkratzt, bevor der Spaß angefangen hat." Notdürftig verband Olle Lindström die Verletzung, legte ihm einen der Infusionsbeutel an und fesselte ihn mit Kabelbindern an das Bettgestell. Breitbeinig stand er über Jonny und schaute finster auf ihn herab.

"Ich denke, inzwischen hast selbst du verstanden, dass ich der Sohn von Nils und Inger Lindström bin. Der kleine Junge, dessen Familie du zerstört hast. Ich hoffe, es hat sich für dich gelohnt und du hattest einen guten Fick", spie der Jäger feindselig heraus.

Langsam erwachte Jonny aus seiner Ohnmacht. Die Infusion zeigte ihre Wirkung. Er verstand die letzten Worte des Entführers durch den sich lichtenden Nebel über seinem Bewusstsein. Sein ausgetrockneter Rachen erlaubte ihm nur ein raues Krächzen. Ohne den Hauch von Mitgefühl knebelte der Jäger Jonny. Wobei er ihm ins Ohr flüsterte: "Du kannst es dir aussuchen: Willst du deine Zunge verlieren oder soll ich dir die Knie zerschmettern? Nein, ich habe eine bessere Idee. Ich werde dir deinen verdammten Schwanz abschneiden, ihn klein hacken und dir zu fressen geben. Du wirst mich anbetteln, endlich Schluss zu machen, aber ich werde jede Sekunde deiner qualvollen Schmerzen genießen." Ein eiskalter Schauer überflog Jonnys Körper, als er den Wahn in den Augen des Jägers erkannte. Was Lindström wirklich mit seinem Opfer vorhatte, behielt er erst einmal für sich. Denn es würde grausamer werden, als dieser Familienzerstörer sich vorstellen konnte.

"Was ist? Hat es dir die Sprache verschlagen? Ich kann dir eins versprechen, hier kommst du nicht mehr lebendig raus. Du brauchst dich gar nicht mit diesem gehetzten Blick umzusehen." Ein böswilliges Kichern schallte durch die leere Halle. Logischerweise erwartete der Jäger keine Antwort. Mit einem heuchlerischen Grinsen erklärte er Jonny die Aussichten auf seine restlichen Stunden.

"Diese Nacht wirst du hier allein mit den Ratten verbringen. Morgen werden wir dann sehen, was sie von dir übriggelassen haben." Sein hämisches Lachen klang gespenstisch in der Leere. Schnell installierte er die Kamera auf dem Stativ und richtete das Objektiv auf Jonnys Körper aus. Wobei er vor sich hin feixte und dem Gefesselten erklärte: "Ach übrigens, mit der Kamera werde ich alles überwachen. Es wird mir ein tierisches Vergnügen bereiten, zuzusehen, wie die Viecher an dir nagen."

Jonnys Gedanken rasten, wobei er versuchte, ruhig zu bleiben. Was ausgesprochen schwer war, bei der

Vorstellung, bei lebendigem Leibe von Ratten verspeisten zu werden.

"Ich wünsche dir eine angenehme Nachtruhe", verabschiedete sich der Jäger, nachdem er sich überzeugt hatte, dass die Kamera einwandfrei funktionierte.

Jonny hätte ihm sein fieses Grinsen am liebsten aus seiner hässlichen Visage gewischt, aber geknebelt und gefesselt konnte er nichts ausrichten. Das Einzige, was ihm in dieser Situation blieb, war Hoffnung. Hoffnung auf Rettung, oder dass sein Tod zumindest schnell vonstattengehen würde. Der Jäger beugte sich ein letztes Mal über Jonny und griente ihn blöde an.

"Präg dir mein Gesicht gut ein, es wird das Letzte sein, was du auf dieser Erde siehst." Der Jäger beugte sich so tief über sein Opfer, dass Jonny schon befürchtete, er wolle ihm einen Kuss geben. Aber anstelle eines Gute-Nacht-Kusses verpasste der Jäger ihm einen kräftigen Schlag auf seine Wunde. Sofort strömte frisches Blut.

Olle Lindström war das egal, er drehte sich um und ließ Jonny allein zurück. Mit einem lauten Knall, der die gesamte Halle erschütterte, flog eine Tür ins Schloss. Jonny hörte das teuflische Lachen des

Jägers noch lange in den leeren Gängen nachhallen.

Mit der Dämmerung kamen die kleinen Vierbeiner mit den langen, kahlen Schwänzen aus ihren Löchern. Sie rochen das frische Blut. Jonny war ihnen hilflos ausgeliefert. Er hörte, wie die ersten Ratten um sein Bett herum flitzten. Das stetige Klacken der Krallen echote hundertfach durch die Räume. Entsetzt vernahm er das Schlecken unter dem eisernen Bettgestell, wo die Nager sich an seinem Blut ergötzten. Es trieb Jonny schier in den Wahnsinn.

Gefesselt musste er mit anhören, wie die vierbeinigen Aasgeier der Unterwelt sich am Gestell nach oben bewegten. Er spüre überdeutlich wie die scharfen Krallen sich in seine Beine vergruben. Seine schmerzverzerrten Schreie erstickte der Knebel. Die Ratten huschten über seinen Körper und näherten sich stetig der blutenden Wunde. Alle Sinne bis aufs Äußerste gespannt, blieb ihm das Geräusch des reißenden Verbandes nicht erspart. Schmatzend rissen die Ratten Stücke Fleisch aus Jonny. In dem Moment verlor er die Kontrolle über seine Körperfunktionen. Ein warmer Strahl Urin floss seine Beine hinab und spornte die Kreaturen noch mehr an.

Es mussten Hunderte sein. Sie saßen überall. Auf seinem Gesicht, auf dem Brustkorb und den Beinen. Dem Trappeln nach zu schließen, strömten Weitere zur offenen Tür herein. Dieses leise Rattern der Krallen auf dem Betonboden würde er sein Lebtag nicht mehr vergessen können; doch das mochte durchaus in den nächsten Minuten enden.

In Wahn der Schmerzen und Angst, erschien Jonny das Bild einer aufgerichteten Ratte vor dem Gesicht, die mit dem fiesen Grinsen seines Widersachers ausrief: "Es ist angerichtet!"

Kampf ums Überleben

Mit Vollgas nahm der Kommissar die letzte Kurve, während Mareike auf dem Beifahrersitz hin und her flog. Nach wenigen Metern standen sie vor einem verschlossenen Tor, das mit einer schweren Kette gesichert war.

"Scheiße, das darf doch nicht wahr sein. Wie hat er ihn reingebracht, wenn das Tor verschlossen ist?" Hinter ihnen kamen etliche Polizeiautos mit quietschenden Reifen zum Stehen. Türen knallten und der Kommissar brüllte aus vollem Halse: "Hat jemand einen Bolzenschneider im Wagen?"

"Ein Bolzenschneider bringt uns gar nichts. Das Tor und die Schienen sind vollkommen eingerostet. Das würden nicht einmal hundert Mann schaffen", erklärte Mareike ihrem Chef, da sie am Tor ruckelte, schob und drückte, wobei sich nichts bewegte.

"Schwärmt aus und findet einen Durchschlupf!" Die Polizisten strömten wie ein Schwarm Heuschrecken aus und kontrollierten den Zaun nach Durchlässen.

"Hier, hierher!" Es dauerte nicht lange, und sie fanden ein Loch im Zaun, groß genug, dass ein Mensch hindurchpasste.

"Okay, ihr zwei durchsucht die hinteren Gebäude. Ihr beide geht zum überdachten Lager und der Rest kommt mit mir. Wir durchkämmen das Bürogebäude mit dem angrenzenden Lagerraum. Auf geht's", kommandierte der Kommissar.

Wie Ameisen stoben die Beamten auseinander. Jeder in eine andere Richtung. Der Kommissar mit seinem Team und zwei Uniformierte, drangen in die Haupthalle ein.

"Hier gibt es kaum Versteckmöglichkeiten. Alles ist wie leergefegt", meinte Mareike, kaum dass sie das große Gebäude betreten hatten.

"Gib nicht so schnell auf, Mareike. Sie sind hier, ich spüre es." Der Kommissar befahl Elias und den Polizisten, sich die unteren Räume anzusehen. Mareike und er wollten sich auf der oberen Etage umsehen. Sie liefen die Treppe zu den ehemaligen Büroräumen hinauf. Im Halbdunkel erkannten sie offenstehende Türen. Langsam schlichen sie von Raum zu Raum und schauten sich mit der Waffe im Anschlag um.

"Was ist das? Hörst du´s? Dieses Quieken?", flüsterte Mareike mit flatterndem Herzen. Doch eine Antwort konnte sich der Kommissar sparen, denn in dem Moment hüpften einige Ratten über ihre Füße. Mareike kreischte erschrocken auf.

Im schmalen Lichtstrahl von Kommissar Sventjen Taschenlampe, erkannten sie das gesamte Ausmaß. Unzählige Ratten liefen in Scharen über den Gang. Hetzten von Raum zu Raum. Nur die blutbefleckten Mäuler der Tiere konnten sie im schalen Licht nicht erkennen. Vorsichtig, darauf bedacht, auf keines der Nager zu treten, schlichen sie sich zu der einzig geschlossenen Tür. Je näher sie kamen, desto lauter wurde das Reißen und Saugen.

Von der unteren Etage schallte ein Schuss und hektische Rufe zu ihnen hinauf. Irritiert drehte Kommissar Sventjen sich um. Er wollte seinen Kollegen zu Hilfe eilen, als ein kümmerliches Stöhnen ihn ablenkte.

Aller Gedanke bei Seite schiebend, sprang er mit vorgehaltener Waffe in den Raum. Mareike folgte ihrem Chef und bleib wie angewurzelt im Türrahmen stehen. Keine zehn Pferde brachten sie in die Nähe der Biester.

"Schnell", keuchte Sventjen, als er die Situation erfasste. Unter dem Getümmel der Ratten entdeckte der Kommissar einen menschlichen Umriss. Inmitten von

Hunderten kleiner pelziger Körper lag Jonny begraben.

Laut schreiend und mit den Armen umher fuchtelnd, versuchten sie, die Tiere zu vertreiben, die sich an Jonny festgebissen hatten. Viele Nager ergriffen bei dem Lärm die Flucht, doch einige waren hartnäckig und der Kommissar musste sie regelrecht von ihrer Mahlzeit losreißen.

"Sag in der Zentrale Bescheid, sie sollen den Rettungshelikopter schicken. Hier zählt jede Minute", wandte Sventjen sich, eine Ratte in einer Hand haltend, an Mareike.

Sie rannte angewidert nach draußen. Froh, dem Anblick zu entkommen. Sie zückte ihr Smartphone, da bemerkte sie aus den Augenwinkeln eine Bewegung. Kaum hatte sie aufgelegt, da bekam sie einen harten Schlag auf den Hinterkopf.

Finalschlag

Als die Polizei sich dem Gelände näherte, blieb dem Jäger nichts anderes übrig, er musste sich verstecken. Er wusste, die Möglichkeit einer Flucht würde sich ergeben. Womit er nicht rechnete, war das Aufgebot an Polizisten. Ihm blieben nicht viele Fluchtwege offen. Im hinteren Teil versteckt hinter einem Mauervorsprung stand der Jäger und verfolgte die Suche nach ihm. Nur wenige Schritte trennten ihn von der rettenden Außentür, die bei jeder Bewegung quietschte. Erschüttert erkannte er, dass ihm nicht viele Möglichkeiten geblieben sind. Mit Jonnys Waffe zielte er auf einen jungen Uniformierten. Der Jäger kannte die Pistole nicht und wusste daher nicht, dass sie beim Abschuss nach rechts zog. Knapp verfehlte er den Polizisten, dem der Mörtel auf die Mütze rieselte. Von einem kreischenden Geräusch begleitet, riss der Jäger die Tür auf und jagte nach draußen. Er bog um die Ecke und stieß mit Mareike zusammen. Ein Schlag auf den Hinterkopf und seiner Flucht stand nichts mehr im Weg.

Leise stöhnte Mareike auf und schaute sich benommen um. Da zog Olle sie schon auf die Beine. Im Schwitzkasten zog er sie mit sich, während erste Polizeibeamte aus dem Gebäude auf den Hof strömten.

"Bleibt stehen, sonst ist sie tot." Langsam, die Waffe in Anschlag und die Uniformierten im Auge, ging Olle rückwärts zum Zaun. Sein Plan: in den nahen Wald fliehen und die Frau mit einem Kopfschuss erledigen. Was er nicht wusste, hinter ihm, im Dickicht, lauerten weitere Gesetzeshüter.

Wenige Schritte vor dem Zaun spannte er den Hahn seiner Waffe und hielt sie Mareike an den Kopf. Mit einem Bein außerhalb der Umzäunung, versuchte er seine Geisel mit sich zu ziehen.

Mit einer geübten Drehung griff die Profilerin wagemutig nach dem Schussarm des Jägers. Aus dem Schwung heraus ließ sie sich fallen und zog ihren Angreifer mit. Die Waffe polterte über den Betonboden und flog außer Reichweite. Mit einem missglückten Hechtsprung wollte er der Pistole hinterher, wobei sich seine Kleidung im Drahtgeflecht verhedderte. Unbeholfen versuchte er sich hochzurappeln, da klickte die stählerne Acht um seine Handgelenke.

Inzwischen hatte der Kommissar alle Hände voll zu tun. Nachdem er Jonny von den Kabelbindern befreit hatte, versuchte er, ihn aus diesem Rattenloch rauszuschaffen. Von dem einst so kraftvollen Mann nicht mehr viel übriggeblieben. Er blutete von unzähligen kleinen Bissen und aus der Schusswunde. Sventjen packte den Mann an der Hüfte und zog ihn mit sich. Trotz allem kam er nicht sehr weit.

Einige der Ratten, die frechsten, wollten ihre Futterquelle nicht kampflos aufgeben und griffen die Männer an. Mit gezückter Waffe kämpfte sich der Kommissar einen Weg durch die Nager. Mit kraftvollen Fußtritten verpasste er ihnen einen unfreiwilligen Flug durch die Halle. Womit er nicht gerechnet hatte, je mehr er von den Viechern verscheuchte, desto mehr krochen aus ihren Löchern hervor. Es war ein ungleicher Kampf.

Sventjen lud seine Dienstwaffe durch. Mit gezielten Schüssen erledigte er einige dieser Biester. Sofort stürzten sie sich wie Aasgeier auf ihre toten Kameraden.

Eines dieser Bestien schaffte es unter das Hosenbein des Kommissars. Bei jedem Schritt spürte Sventjen, wie die Krallen sich an seinem Bein hocharbeiteten. Dieser kleine Nager grub die Klauen tief in das menschliche Gewebe. Jedes Schütteln und Rütteln half nichts.

"Verfluchte Scheiße", keuchte Kommissar Sventjen, als er unter Schmerzen zusammensackte. Mit einem Stöhnen schlug Jonny neben ihn auf. Das war ein gefundenes Fressen für die Blutsauger. Augenblicklich stürzten sie sich auf die Männer. Der Kommissar sprang wie von der Tarantel gestochen auf und hüpfte wild umher. Verschreckt ließen die meisten Tiere von ihm ab. Die Zeit nutzte der Kommissar und ließ seine Hose fallen. Krampfhaft versuchte er die Ratte, die sich in seinen Schenkel festgebissen hat, loszureißen. Verzweifelt hüpfte er in Boxershorts umher, als er dumpfe Schritte auf dem harten Betonboden vernahm.

Ein ohrenbetäubender Lärm ertönte in der Halle. Immer mehr Polizisten strömten herein, während die Nager die Flucht vor den Kugeln ergriffen. Sie stoben in alle Himmelsrichtungen und verkrochen sich in ihre Löcher. Sventjen, der auf halber Höhe stand, versuchte sich durch den lautstarken Krach, Gehör zu verschaffen. In Boxershorts stand er auf der Treppe und fuchtelte mit den Händen. Pulvergeruch und Rauchschwaden sammelten sich um seine Statur, als einer der Uniformierten Sventjen erblickte. Augenblicklich verstummte das Gemetzel.

Mit einem Feixen im Gesicht eilten die Polizisten ihrem Chef zur Hilfe. Der, mit herunter gelassener Hose, Befehle durch die Halle donnerte. Augenblicklich herrsche tödliche Stille.

"Verdammt ich brauche keine Hilfe", fluchte der Kommissar, als einige der Uniformierten zu ihm eilten.

"Bringt lieber den Schwerverletzten raus und wo zum Henker steckt Mareike?" Das Grinsen verschwand augenblicklich aus den Gesichtern der unschlüssig umher stehenden Polizisten. Kurz und knapp berichteten sie, was in der Zwischenzeit passiert war.

Erleichtert zitierte der Kommissar: "Das sind doch einmal gute Nachrichten. Wir haben den Killer und niemand ist schwer verletzt. Fahren wir."

Jonny war mit dem Rettungshelikopter ins Krankenhaus gebracht worden, und wurde noch operiert. Sventjen, der seine Verletzung verarzten ließ und sich gegen die Tetanusspritze sträubte, war heilfroh Mareike an seiner Seite zu haben.

"Wir haben es geschafft. Der Killer sitzt hinter Gitter", versuchte sie ihren Chef von der Spritze abzulenken.

"Der wird das Sonnenlicht nie mehr ungetrübt sehen", gab Sventjen seiner Kollegin recht. Diesen Moment nutzte die Schwester und stach zu. Wie ein verletzter Wolf jaulte der Kommissar auf. Er bedachte sie mit wütenden Blicken, richtete aber sein Wort an Mareike: "Wie geht es unseren unerfahrenen Jägern?"

"Sie meinen diese Deutschen? Jasper Jung hat die Operation gut überstanden und wird von seiner Freundin aufgepäppelt. Monika Schwarz erlitt einen Schock, als sie die Nachricht erreichte, dass ihr Freund Opfer des Jägers wurde, und wird stationär behandelt. Die Angehörigen der Toten sind benachrichtigt und auf dem Weg hierher. Das wird noch eine gewaltige Welle nach sich ziehen." Mit düsterem Blick lauschte Sventjen Mareike. Er wollte etwas erwidern, als die Krankenschwester mit der Nachricht kam: "Der Schwerverletzte hat die Operation den Umständen entsprechend überstanden. Wir müssen die nächsten Tage abwarten." Und schon rauschte die Krankenschwester auf ihrem Weg zu neuen Patienten wieder hinaus.

"Fahren wir aufs Revier und lassen die Aasgeier von Reporter über uns richten", entschied der Kommissar seine letzte Amtshandlung in diesem Fall.